친구에게

정태성 수필집

도서출판 **코스모스**

친구에게

어느날 갑자기 어릴 적 너무나 친했던 친구 생각이 났습니다. 순수하게 많은 시간을 같이 보냈던 그 친구는 그동안 살아오면서 제가 만난 가장 좋은 인연 중의 한 명이라는 생각이 듭니다. 그 친구는 지금 어디에 살고 있는지 소식조차 모릅니다. 나름대로 찾기는 했지만 아직까지도 연락이 닿지는 않습니다.

그 친구와 함께 했던 시간과 추억이 그리워 저도 모르게 글을 쓰기 시작했습니다. 그 친구가 제 글을 볼 수도 없을 텐데, 그냥 아무 생각없이 글을 써나갔습니다.

처음에는 그 친구만을 생각하며 글을 쓰다가 점점 제가 알았던 사람 중의 누구, 더 나아가 저도 모르는 그 누구에게 글이 써지기 시작했습니다.

아마도 저의 속에서 하고 싶었던 말들이 그 친구가 들어준다는 생각으로 글이 써졌던 것 같습니다. 글을 쓰며 제가 위로를 받고 마음이 편해지는 이상한 경험을 하였습니다.

비록 많은 분들이 이 글을 읽지는 않겠지만, 읽는 분들에게 조금이나마 위로와 편안함이 있었으면 합니다.

2022. 10.

저자

차례

차례

1. 밤은 깊어가고

친구야,

봄은 왔지만 아직은 많이 쌀쌀한 것 같아. 네가 있는 그곳은 어떤지 모르겠구나. 밤이 깊어가고 있어. 왠지 잠이 오지 않아 나도 모르게 너에게 편지를 쓰고 싶었어.

갑자기 그런 생각이 들었어. 만약 내가 커다란 어려움에 처해 있을 때 나를 도와주는 사람은 과연 누가 있을까? 거꾸로 생각해보면 나는 그 누군가에게 도움을 얼마나 줄 수 있는 사람일까?

가만히 생각해보면 그동안 나는 다른 사람에게 그리 많은 도움을 주며 살아온 것 같지는 않아. 내가 하는 일에 바빠서, 내가 너무 여유가 없어서, 어차피 나에게 도움을 주지 않을 사람이니까 나도 외면을 해야 할 것 같아서, 도와주었다고 해도 나에게 고마워하지도 않을 것 같아서, 그런 여러 가지 이유로 나는 어려움에 처해 있었던 사람에게 따뜻한 위로나 실질적인 도움도 주지 못하고 살아온 것 같다는 생각이 들어.

물론 나름대로는 가까운 사람에게 도움을 어느 정도는 주려고 했던 것 같기도 한데, 진실한 마음을 가진 진정어린 도움을 주지는 못했던 것 같아. 좀 더 도와줄 수도 있었을 텐데 왜 그러지 못했는지 지금 생각해보면 후회가 되기도 해.

기억이 잘 나지는 않지만 나에게 도움을 청했을 때 정말 큰 어려움에 처해 있었던 사람도 있었을 텐데, 나는 그의 처지를 깊게 생각하지도 않고 그저 지나가는 일인 것처럼 그렇게 그의 도움의 손을 외면했었는지도 몰라. 만약 그랬더라면 그는 얼마나 마음이 아팠을까? 그 상처의 아픔은 그 상황을 제대로 인식하지 못한 나의 책임이겠지. 어려움에 처해 있었던 그를 나의 마음이 조금만 더 살펴주었더라면 그에게 그러한 상처를 주지는 않았을 텐데.

사람은 살아가다 보면 누군가는 한 번이라도 어려움에 부닥치게 되는 경우가 있기 마련일 거야. 그때 누군가가 그의 어려움을 함께 해준다면 그에게는 정말 커다란 힘이 될 텐데, 선뜻 그러한 도움을 주는 사람은 점점 사라져가고 있다는 생각이 들어.

마음이 따뜻한 사람이 그리워. 그러기 위해서는 내가 먼저 따뜻한 사람이 되어야겠지. 나는 언제쯤 마음이 따뜻한 사람이 될 수 있는 것일까?

내가 어려움에 처해 있을 때 누군가가 나를 도와줄 수 있는 사람이 있었으면 좋겠어. 하지만 그 전에 내가 어려움에 있는 사람에게 먼저 도움을 줄 수 있어야겠지. 그래야 내가 어려울 때 그 누군가가 도와줄 수 있을 테니까.

누군가가 어려움에 처해 있을 때 주위에 아무도 없다는 것만큼 가슴 아픈 것은 없는 것 같아. 그 외로움과 서러움은 가슴에 깊이 묻혀 삶의 커다란 상처로 남게 되는 것 같기도 하고. 우리가 그러한 상처 없이 살아갈 수 있다면 얼마나 좋을까? 나는 너에게 어떤 도움을 주며 살아왔는지 생각해봤어. 너는 내가 힘들 때 따뜻한 손을 내밀었던 것 같은데 나는 과연 어땠는지 잘 모르겠어.

친구야,

네가 어려움에 처해 있게 되는 상황이 오면 언제든지 나에게 알려 주면 좋겠어. 비록 내가 많은 도움이 되지 않을지는 모르지만, 그래도 어려움을 조금이라도 나누면 힘이 되지 않을까 싶어. 나도 힘들 때 너에게 스스럼없이 이야기할 수 있으면 좋을 것 같아. 혼자 그 어려움을 감당하기 힘들 경우도 생길 수 있으니까. 너에게 편지를 쓰다 보니 밤은 더욱 깊어가고 있네. 아직은 쌀쌀한 봄이지만 조금만 더 지나면 따뜻한 날이 오겠지. 노란 개나리도 피고 예쁜 진달래도 필 거야. 이제 조금이라도 눈을 붙여야겠다. 아침부터 일이 많으니까. 다음에 또 편지할게.

2. 해가 뜨기 전

친구야,

이제 겨울이 물러가고 가고 있어. 오늘은 오전 내내 비가 내렸어. 어제 달력도 한 장 떼어냈어. 어제 그렇게 2월은 보냈고 오늘부터 3월이야.

오늘은 휴일이라 집에서 책을 보다가 영화 한 편을 보고 싶다는 생각이 들었어. 너도 알겠지만, 나는 한참 지나간 것을 늦게서야 보는 습관이 있어. 영화뿐 아니라 드라마도 마찬가지야. 일하다 보면 개봉하는 영화를 보러 갈 시간도 없고 텔레비전 본방송 시간에 맞추어 앉아 있을 수도 없으니 나중에 시간이 될 때 다른 사람들이 좋다고 하는 것을 한참이나 지나서 보곤 해.

누군가 '비포 선라이즈(Before Sunrise)'라는 영화가 좋다고 해서 오늘 그 영화를 봤어. 날짜를 보니까 1996년에 개봉한 영화더라구. 영화를 보면서 26년이 지나고 보는 사람이 몇 명이나 될까 조금 궁금하기도 했어. 사실 나는 이 영화를 이전에 전혀 들어본 적이 없어. 어제 처음 알게 된 영화야. 에단 호크(Ethan Hawke)가 데뷔해서 얼마 지나지 않아 찍은 영화 같아.

영화에서 에단 호크가 연기한 제시는 유레일을 타고 비엔나로 향해 가고 있었어. 이 기차에는 파리로 가는 셀린도 타고 있었지. 우연히 기차 안에서 대화를 시작하게 된 두 사람은 이야기를 하면서 점점 호감을 느껴. 그리고 그들은 하루만이라도 비엔나를 구경하며 함께 좋은 시간을 보내기로 결정을 해.

그들에게 주어진 시간은 단 하루였어. 아침에 해가 뜨면 제시는 비엔나에서 미국행 비행기를 타야 했고, 셀린은 파리로 가는 유레일을 타야만 했어. 제시는 미국에서 셀린은 파리에서 각자의 일이 있었으니까.

그들은 주어진 얼마 되지 않은 시간을 위해 비엔나에서 정말 좋은 추억을 만들기 위해 서로 노력을 해. 비엔나 시내 여기저기를 다니며 새로운 경험도 하고, 맛있는 것도 먹고, 아름다운 비엔나를 마음껏 구경을 하지. 평상시 같았으면 하지 않을 것들도 다음 기회가 없을지도 모른다는 생각에 뭐든지 둘이 마음을 합해서 시도를 해.

그러면서 그들은 서로 좋은 감정을 가지게 되지. 하지만 시간은 너무 빨리 흘러 밤이 깊어지고 마지막으로 비엔나의 아름다운 공원 잔디밭에 앉아 이런저런 이야기를 하지. 둘이 이미 많이 친해져서 셀린은 제시의 무릎을 베고 누워 서로 과거 이야기도 하고 미래에 대한 자신의 생각을 말하기도 하지.

그리고 결국 해가 뜨면서 아침이 되지. 이제는 헤어져야만 할 시간이 된 거야. 파리로 가는 기차역에서 셀린과 제시는 단 하루였지만 너무나 행복했던 시간을 보낸 것에 이별이라는 것을 너무 아쉬워해. 하지만 그들에게 주어진 시간은 이미 다 끝났으니 잘 가라는 말밖에는 더 이상 할 수 있는 것은 없었어. 셀린이 탄 기차는 떠나기 시작하고 그렇게 둘은 작별을 하게 되지.

영화 제목을 왜 '비포 선라이즈(Before Sunrise)'라고 했을까? 그것은 아마 시간의 유한성을 알면 우리 삶이 훨씬 더 아름다워지지 않을까 해서 그렇게 제목을 붙이지 않았나 싶어.

우리에게 주어진 시간이 얼마인지 알면 우리는 그 시간을 낭비하지 않고 함께하는 사람과 좋은 추억만을 남기려고 노력하지 않을까 하는 생각이 들었어.

우리에게 주어진 시간이 얼마인지도 모르고, 그 시간이 영원히 우리에게 남아 있을 것이라 생각하니까 우리는 오늘을 좋은 추억이 남는 그런 시간으로 만들지 못하고 있는 것이 아닌가 싶어.

제시와 셀린은 그들에게 주어진 시간이 해가 뜨기 전까지라는 것을 알았기에 둘은 얼마밖에 되지 않은 그 시간을 서로 이해하고 양보하고 받아주고 배려하고 베풀며 아름답고 좋은 추억의 시간으로 만들었던 것 같아.

하지만 우리는 일상에서 그렇게 살아가고 있는 것 같지는 않아. 흔히 우리는 시간이 무한정 주어졌다는 착각 아닌 착각을 하며 살아가고 있기 때문에 내가 하는 일, 내 주위에 있는 사람에게 최선을 다하지 못하는 것 같아. 그래서 아름답고 좋은 추억도 있겠지만, 기억하기 싫고 좋지 않은 추억도 있는 것이 아닐까 해.

이 영화는 사실 흥미진진하거나 전개감이 빠르거나 하지는 않

아. 아주 담담하고 조용히 흘러가는 강물 같은 영화야. 영화 앞부분이 별로 재미가 없어서 그만 볼까 하다가 나에게 이 영화를 추천해 준 이유가 있을 거라 생각해서 그냥 끝까지 다 봤어. 그런데 다 보고 나니 중간에 그만두지 않기를 잘했다는 생각이 들었어.

친구야,

너도 시간이 되면 이 영화를 한번 보렴. 이 영화가 상영되고 나서 2편 비포 선셋, 3편 비포 미드나잇도 나왔어. 다음에 시간에 되면 2편, 3편도 볼 생각이야. 오늘 남은 휴일 잘 보내고 내일부터 또 열심히 살아보자. 우리에게 주어진 시간은 항상 유한하다는 생각을 하면서.

3. 허물을 벗어버리고

친구야,

이제 봄이 가까이 온 듯한 느낌이야. 낮에는 햇살도 따뜻하고 조금만 더 있으면 예쁜 꽃이 하나씩 피겠지. 주말에 여유가 있으면 야외로도 나가볼 생각이야. 바람 쐬면 기분도 좋아지니까.

예전에 초등학교 다닐 때 봄 소풍 갔던 일을 기억하고 있는지 모르겠다. 그날 우리가 보물찾기를 하려고 산속을 헤매고 다녔는데 갑자기 어떤 아이가 깜짝 놀라 지르는 소리에 다들 몰려가 보니 뱀 허물이 있었던 거야. 그 여자아이는 너무 놀라 막 울고 있더라. 나는 그 아이가 불쌍해서 한참이나 쳐다보다가 뱀 허물이 있는 곳에 가까이 가 보았지. 그 뱀 허물은 사실 내가 보기에도 좀 끔찍하기는 했어. 그것을 바라보다가 갑자기 나도 모르게 뱀은 왜 허물을 벗는 것인지 너무 궁금해지더라. 울던 여자아이도 잊어버린 채 나는 뱀이 허물을 벗는 이유에 대해 나도 모르게 한참이나 생각에 잠겼었어. 그때는 우리가 초등학교 2학년 정도였으니 생각해도 알 리는 없었지. 소풍이 끝나고 집에 와서 이리저리 찾아보긴 했지만, 우리 집에는 백과사전도 없고 아무런 과학에 관한 책도 없어서 결국 그 답을 찾지는 못했어. 다음날 학교

도서관에 가서 사서선생님께 말씀을 드렸더니 뱀에 대한 책을 찾아주시더라. 그 책을 읽어보고서야 뱀은 성장을 하기 위해 허물을 벗어야 한다는 것을 알게 되었지. 어떤 뱀의 경우에는 1년에 10번이 넘도록 허물을 벗기도 한다는 것을 그때 알고 나도 엄청 놀랐던 것이 기억에 생생해. 뱀은 그렇게 자신의 허물을 벗고 성장하고, 다시 허물을 벗고 성장하는 그런 식이었던 거야.

얼마 전 우연히 읽던 책에서 다음과 같은 구절을 발견했어. 니체의 아침놀이라는 책인데 여기에 뱀의 허물에 대한 말이 나와.

"허물 벗지 못하는 뱀은 파멸한다. 의견 바꾸는 것을 훼방 놓은 정신들도 마찬가지다. 그것들은 더 이상 정신이 아니다."

니체는 참으로 비유를 잘했다는 생각이 들어. 그도 아마 뱀이 허물을 벗는 것이 궁금했던 것 같아. 성장을 하기 위한 필수과정이 바로 예전의 허물을 벗어버리는 것이라는 그의 생각에 나도 고개가 끄덕여졌어.

우리가 성장하기 위해서는 어떠한 허물을 벗어버려야 할지 생각해 봤어. 아마 가장 먼저 벗어버려야 할 것은 내가 항상 옳다는 독선이 아닐까 싶어. 내가 생각할 때는 바로 이것이 나의 성장을 방해하는 가장 큰 장애물 같아. 내가 항상 옳다고 생각하는 것은 착각이 아닐까? 나의 잘못을 확실하게 인식하는 것이 나의 내적 성장에 있어서 중요한 시작점이 되지 않을까 싶어. 성장이란 현재의 상태에서 더 나은 상태로 발전하는 것이잖아. 지금의 상태가 발전할 필요가 없다고 인식하는 한 우리는 더 나은 모습으로 발전하기 위한 필요를 느끼지 못할 테니까.

아마 완벽한 인간은 없을 거야. 그러기에 자신이 옳다고 생각하는 것 자체가 오류일 수밖에 없고. 나 자신에게 어떤 점이 잘못인 건지 항상 돌아볼 필요가 있을 거야. 그 잘못된 허물을 얼른 벗어버려야 지금의 모습에서 성장할 수 있을 것이라는 생각이 들어.

다른 사람의 문제를 비판하고 타인에 대해 판단하는 것 또한 자신의 아집에 비롯된 것일 수밖에 없을 거야. 타자가 옳을 수도 있다는 열린 마음을 갖고 있지 않기에 그러한 비판이 가능한 것이니까. 물론 객관적인 입장에서 타인과 자신의 의견을 나눌 수는 있지만, 상대방을 일방적으로 잘못되었다고 이야기하는 것 자체가 자신의 허물을 쉽게 벗어버리지 못한다는 것을 반증하는 것이 아닐까 싶어.

나는 어떤 허물을 벗어버려야 하는 것일까? 나는 나의 허물을 제대로 알고는 있는 것일까? 그러한 허물을 벗어버리기 위해서 나는 어떻게 해야 하는 것일까? 사실 내가 잘못된 허물을 가지고 있다고 할지라도 그 허물을 벗어버리기가 쉽지는 않다는 것을 너무나 잘 알고 있어. 뱀 같은 경우는 1년에 10번 넘도록 자신의 허물을 그렇게 쉽게 벗어버리는 데 나는 왜 그렇지 못하는 걸까? 내가 얼른 나의 잘못된 허물을 벗어야 할 텐데 그렇지 못하는 것 같아 사실 속상하고 아쉽기도 하거든. 니체가 이야기하는 것처럼 빨리 의견을 바꿀 수 있어야 하는데. 그런 것을 훼방하고 있는 것은 내 안에 있는 무엇인 걸까?

우리의 잘못을 고치지 않고 계속해서 그것을 고집한다면 아마 나중에는 그것으로 인해 더 좋은 많은 기회를 놓칠 것 같다는 생각이 들었어. 파멸이나 몰락까지는 아니어도 나의 삶에 있어서 더 좋은 기회를 얻지 못하게 되는 것은 아마 분명할 거야.

친구야,

우리는 얼마나 더 성장할 기회가 남아있는 걸까? 지나온 시간 동안 그리 많이 성장하지 못한 것 같아 너무 아쉽기도 하고, 남아있는 시간 동안 어디까지 성장할 수 있을지 알 수는 없지만, 그래도 꾸준히 나의 허물을 벗어버리기 위해 노력은 계속해야겠지? 언젠가 그러한 허물을 자유자재로 벗어 버릴 수 있는 때가 온다면 진정으로 나 자신으로부터 자유롭게 될 텐데. 창밖을 보니 봄 햇살이 무척이나 따사롭게 느껴지는 날이야. 다음에 만나면 야외라도 함께 나가도록 해보자. 아마 요즘에는 산에도 뱀 허물은 없을 거야.

4. 이대로도 좋다

그냥 이대로도 좋다

바라는 것을 이루지 못했고
원하는 것을 얻지 못했지만

그냥 이대로도 좋다

걱정하던 일이 일어났고
두려워했던 것이 다가왔지만

그저 이대로라도 좋다

그냥 다 좋아하기로 했다

내가 할 수 있는 것이 없고
내가 할 수 없는 것이 많아도

그저 다 좋아하기로 했다

　친구야,

　가만히 생각해 보면 나는 욕심이 많았던 것 같아. 원했던 것도 많았고 그것을 이루려고 나름대로 최선을 다해 살아왔던 것도 사실이야. 물론 더 노력을 할 수도 있었겠지만, 나의 한계도 있다는 것을 그러한 과정에서 절실히 깨닫게 되었어. 노력만 가지고도 불가능한 것이 많다는 것도 알게 되었고.

　지금 가만히 돌이켜 보면 욕심을 그리 많이 가지지 않았다면 어땠을까 하는 생각이 들어. 물론 그렇게 했다면 내가 이루려는 목표도 더 작았을 것이고 그로 인해 얻을 수 있는 것도 많지 않았을 거야. 하지만 곰곰이 생각해 보면 별 차이가 없었을 것 같아. 차라리 욕심을 부리지 않았다면 그에 따른 다른 아픔이나 상처가 적었을 것 같다는 생각이 들어.

　살아가다 보니까 나에게 일어나지 않았으면 했던 일들도 정말 많이 일어나더라. 크게 다치지 않았으면 했지만, 교통사고로 인해 죽음이 어떤 것이지 직접 경험해 보기도 했어. 아마 운이 조금 더 나빴더라면 아마 나는 서른 살이 되기도 전에 이 세상과 작별을 했을지도 몰라. 내가 당한 교통사고를 본 사람이 평생에 쓸 운을 다 썼다고 말했으니까.

　내가 정말 싫어하고 두려워했던 일들로 어김없이 나에게 일어났던 것 같아. 어떻게 해결해야 할지, 제발 나에게 그러한 일들이 닥치지 않기를 진심으로 기도하고 애원했지만, 결국은 그러한 일도 나에게 일어나더라. 어떻게 헤쳐 나가야 할지 방법도 모른 채 살아왔던 시기도 있었어. 나의 무능력을 절실히 깨닫기도 했고.

가끔씩 생각해 보면 내가 할 수 있는 일이 그리 많지도 않고, 오히려 할 수 없는 일들이 훨씬 더 많았던 것 같아. 그로 인해 사실 나 자신에게 실망하기도 했어.

그렇게 세월이 지나다 보니 나의 내면에는 예전의 모습이 사라져 버리고 다른 모습으로 점점 변해가는 것 같아. 이전에는 내가 원하는 것을 이루어야 무언가가 되는 것이라는 생각을 했어. 하지만 요즘에는 그렇지 않아. 이제는 지금 상태가 어떠한 모습일지라도 그것에 만족하며 살아가려고 해.

어떠한 상황일지라도 이대로의 나의 모습에 만족하려고 해. 더 이상 커다란 욕심을 가지지 않을 생각이야. 어차피 별 차이가 없다는 것을 너무나 절실히 느끼고 있어. 지금의 모습에 만족하며 살아가는 것이 현명하다는 생각이 들어. 현재를 잃어버리지 않는 것이 남아 있는 시간을 위해 가장 좋은 것이 아닐까 하는 생각을 했어.

그래서 매일 같이 오늘 행복하려고 노력하는 중이야. 즐겁고 좋은 일들을 조그만 것이라도 만들어 가려고 하고 있어. 나름대로 나를 위한 시간을 가꾸어 가는 거지. 어떠한 상황이 와도 이제는 실망하거나 마음 아파하지 않으려고 해. 그냥 이대로라도 아무런 문제가 없다는 것을 항상 마음속에 담아두고 살아갈 생각이야.

　친구야,

　너는 어떻게 지내고 있는지 정말 궁금하구나. 내가 답답할 때면 아무 때나 너를 만나서 이야기했던 때가 너무나 그리운 요즘이야. 시간이 지나 점점 나이가 들수록 나의 속마음을 털어놓을 수 있는 사람이 줄어드는 것 같아. 마음이 따뜻하고 넉넉한 사람이 별로 없는 것 같고. 너라면 충분히 나의 이야기를 들어줄 텐데. 오늘은 대통령 선거하는 날이야. 이제 아침을 먹고 투표하러 가려고. 다음에 또 이야기할게.

5. 현실의 버거움

친구야,

이제 날씨가 정말 많이 따뜻해진 것 같아. 겨울옷을 옷장에 넣고 좀 더 가벼운 옷을 입고 다녀도 괜찮겠다는 생각이 들어.

따스하고 맑은 날씨처럼 우리가 살아가는 현실도 가볍고 부담이 없는 그러한 생활이라면 얼마나 좋을까? 하지만 우리가 발을 디디고 살아가고 있는 현실은 우리의 이상이나 생각과는 확연히 멀게 느껴질 때가 많다는 느낌이야. 현실은 결코 우리 편이 아니라는 생각이 들어. 그로 인한 외로움은 나의 존재의 의미마저 잠재우고 있는 것 같기도 하고.

가만히 생각해 보면 우리가 살아가고 있는 현실은 우리가 선택하지 않은 것이 더 많은지도 몰라. 내가 태어난 시기, 내가 살아가고 있는 공간, 내가 만났고, 만나고 있으며, 만나야 할 사람들이 나의 선택에 의한 것보다는 그렇지 않은 경우가 오히려 더 많은 것 같아. 이러한 현실을 우리는 어떻게 받아들이고 어떻게 살아가야 하는 것일까?

하지만 우리의 현실을 우리가 선택했다고 하더라고 우리는 그 현실에 만족하며 기쁘고 행복하게 살아가고 있는 것도 아닐 것 같아. 지금 생각해 보면 과거에 내가 한 선택이 최선이라고 판단하여 그러한 선택을 했지만, 시간이 지나고 보면 최선이 아닌 최악의 선택이 된 것도 있어. 중요한 것은 어쨌든 우리는 지금의 현실에서 살아갈 수밖에 없다는 거야.

우리가 살아가고 있는 지금의 현실에서 일어나는 일들이 소중한데도 불구하고 그렇지 못하게 느껴지는 이유는 무엇 때문일까? 그러한 느낌은 둘째치고 우리가 버거워하는 현실을 어떻게 헤쳐 나가야 하는 것일까? 뿐만 아니라 거부하고픈 현실에서 도피하지 못한다면 우리는 어떻게 지금을 살아가야 하는 것일까?

자아가 현존하는 삶을 살지 못하는 한 현실은 우리에게 많은 외로움을 줄 수밖에 없다는 생각이 들어. 그렇기 때문에 나의 삶과 나의 존재가 분리되어 현실에서의 나 자신은 더욱더 혼자라는 생각이 들 수밖에 없는 것 같아.

친구야,

네가 지금 처해 있는 현실은 어떤지 모르겠다. 너야 뭐든지 잘 해결하고 이겨나가니 걱정은 하지 않지만, 현실은 그 누구에게도 장담하지 못하는 일들이 너무 많이 일어나니 조금은 걱정이 되기도 해.

나의 현실은 어떠냐고? 나야 능력도 없고, 부족하기만 하니 버거운 현실이 평생토록 따라다니고 있지. 그저 오늘 하루를 버티어 내고 있을 뿐이야.

이번 주말에 날씨가 좋으면 야외라도 나가려고. 현실에서 잠시

나마 그렇게 도망치고 싶은 마음도 없지 않아 있거든. 좋은 데 다
녀와서 편지할게. 너도 주말 잘 지내기 바래.

6. 일상의 평범함

친구야,

오늘은 오랜만에 새벽에 일어나서 수영을 다녀왔어. 운동을 안 하다가 하니까 조금은 힘이 들었지만 끝나고 나니 몸이 무척이나 가벼워지더라. 이제는 게으름 피우지 말고 규칙적으로 운동을 하려고 해.

어젯밤에 자기 전에 편혜영의 "밤의 마침"이라는 단편 소설을 읽었어. 우리가 살아가는 일상에서 조그마한 부분이 전혀 예상하지 못한 커다란 폭풍이 될 수도 있다는 것을 느꼈어.

소설에서 주인공은 친구와 술을 먹다가 옆에 있던 미성년자들과 얽히게 되면서 그의 삶에 엄청난 변화가 생기는 것을 이야기하는 소설이야.

"일련의 일이 진행되는 동안 그는 회사에 자주 결근하고 주요 회의에 참석하지 못하고 거래처 관리에 소홀하고 동료와 후배에게 업무를 떠넘긴다. 소문은 점점 질이 나빠지면서 회복할 수 없는 수준에 이른다. 그는 때마침 불어닥친 구조조정을 비껴가지 못한다. 이웃에 퍼진 소문 때문에 이제 겨우 초등학교 2학년인 그의 아이는 친구들 사이에서 따돌림을 당한다. 그와 아내는 결혼 후 처음으로 장만해 오랫동안 살던 집을 팔고 낯선 곳으로 이사를 한다. 당신을 못 믿는 건 아니야. 이게 다 당신 탓도 아니고. 모든 일이 끝난 후 아내가 말한다. 하지만 아내는 그 때문에 이 모든 일이 벌어졌고 자신과 아이가 상처를 입었다는 피해의식과 불쾌를 숨기지 못하고 점차 그에게 냉담해진다."

어떻게 보면 친구와 술을 마신다는 것은 일상의 지극한 평범한 일일거야. 하지만 우연히 술을 마시다 벌어진 일로 인해 주인공의 일상은 완전히 파탄이 나 버려. 그를 이해하려고 노력하는 사람도 없어. 그의 편이 되어 주는 사람은 아무도 없고. 심지어 아내마저 그를 외면하게 돼. 그로 인해 그의 삶은 예전으로 돌아갈 수 없게 되어 버리고 말지.

소설이지만 이러한 일들이 우리에게도 일어나지 않는다고는 말할 수 없을 거야. 아니, 오히려 우리의 일상에서는 이보다 더 심한 일들도 많을 거야. 생각해 보면 별것도 아닌 것이었는데, 여러 가지 일들이 겹치고 꼬이면서 우리의 삶을 완전히 바꾸어 버릴 수도 있는 경우가 너무나 많을 것 같아. 또한 그렇게 한번 일어난 일은 돌이킬 수가 없게 되고.

어떠한 일이 나에게 일어나도 끝까지 나를 믿어 주는 사람은 얼마나 될까? 나를 이해하고 받아주려는 사람은 아마 그리 많지 않을 거야. 왜냐하면 대부분의 경우 각자의 입장에서 자신의 생각으로 모든 것을 판단하려고 하기 때문이지. 실질적으로 나의 입장이 되어서 그 모든 사실을 알아주려고 노력하는 사람은 아마 극히 드물 거야. 삶은 그래서 전혀 예측하지 않는 방향으로 되는 경우가 너무 많은 것 같아.

친구야,

평범하게 산다는 것이 얼마나 어려운 것인지 너도 잘 알 거야. 오히려 평범하게 살 수 있는 것이 더 위대한 것인지도 몰라. 삶이라는 것이 나의 뜻대로 원하는 대로 되어 가기보다는 그렇지 않은 경우가 더 많으니까.

오늘 아침에 수영을 할 수 있는 것은 정말 평범한 일이지만, 나에게 어떠한 커다란 일이 생기면 수영을 할 수 있는 것도 어려울 수가 있을 거야. 나에게 그러한 일이 일어나지 않고 그저 매일 같은 일상이 계속되었으면 좋겠어. 엄청난 것도 바라지 않으니까 마음 편하게 아침에 일어나서 운동하고 내가 해야 할 일을 하는 그러한 평범한 하루의 연속이 아마 하늘이 내리는 가장 커다란 축복이 아닌가 싶어.

7. 상호작용

친구야,

내일 봄비가 내린다고 해. 그동안 많이 가물었는데 비가 오면 많이 시원하고 좋을 것 같아. 이제 비가 오고 나면 대지에 흠뻑 내린 비로 인해 주위에 생기가 많이 돌게 되겠지.

우리가 살아가면서 힘들어하는 것 중의 하나는 바로 주위에 있는 사람들 간의 관계가 아닐까 싶어. 서로 간의 관계가 좋다면 봄비 맞은 대지처럼 생기가 돌겠지만, 그렇지 않다면 하루하루의 생활이 힘이 들게 되겠지.

사람 간의 관계는 상호작용이 아닐까 싶어. 그리고 그런 상호작용은 그 거리의 함수일 밖에 없는 것 같아. 가까웠던 사람이 오해로 인해, 사소한 다툼으로 인해, 아니면 다른 것들로 인해 거리가 멀어지는 것을 느껴. 그 거리는 좀처럼 좁혀지지 않고, 각자의 편견과 선입견은 그 거리를 줄이는 데 도움을 주기는커녕 더 멀어져가게 만든다는 생각이 들어. 그렇게 시간이 지나 이제는 상대방이 보이지도 않을 만큼, 대화를 할 수 있을 만큼의 거리가 멀어지게 되겠지. 상호작용은 이제 더 이상 아무런 힘도 발휘하지 못하게 되고, 그렇게 시간이 지나면서 마음도 생각도 멀어져 가게 되고, 이제 연락조차 하기 어렵게 되는 게 아닐까 싶어.

어릴 때야 서로 간에 서운한 것이 있어도 아무 생각 없이 며칠 지나고 나면 다시 친해질 수 있지만, 성인이 된 이상 이성적인 사고를 할 수 있음에도 불구하고 마음에 입은 상처나 서운함은 서로의 관계를 돌이키게 하지 못하는 것 같아. 각자의 세계가 너무나 확고하고 자존감도 너무 세며 자신의 이익을 거의 양보하지 않기 때문이 아닐까 해.

좋았던 기억이나 추억도, 함께 했던 많은 시간도, 기쁘고 행복했던 순간들도 아무런 의미조차 없는 것인 양 그렇게 잊히게 되는 거지. 그동안 나누었던 좋았던 감정이나 의리도 아무 쓸모 없이 내팽개쳐지고 이제 예전의 그 아름다웠던 시간으로 돌아갈 수가 없게 되고.

더 시간이 많이 지나 돌이켜 보면 사실 아무것도 아니었던 것인데 왜 그렇게 서로를 멀리하게 되고 자신의 입장만을 고수하였는지 후회하게 되는 것 같아. 하지만 지나간 시간은 다시 돌아오지 않는 것처럼 그렇게 멀어진 우정이나 친분은 다시 예전의 모습을 돌아오지 않겠지. 우리는 어쩌면 그러한 상태에서 영원히 관계를 끝내게 될지도 모르고.

삶은 우리를 기다려주지 않는 게 아닐까 해. 친했던 사람과의 관계도 마찬가지고, 누구를 탓할 이유도 없는 것 같아. 각자 나름대로의 문제가 있기 때문이고, 그것을 인식하지 못할 뿐이지. 상호작용에서의 문제는 어느 일방의 문제만이 아니라는 것을 모르는 사람도 많고, 아는 사람은 사람일지라도 이를 돌이키는 사람은 거의 없다는 생각이 들어.

 멀어지지 않기 위해 노력하는 것은 각자의 몫이 아닐까 싶어. 누구 한 명의 노력으로 되지 않는다는 것을 알아야만 더 이상 그 관계가 멀어지지 않게 될 수 있는 것 같아. 혼자만의 노력으로는 되기는 거의 힘들 거야. 그동안 함께 했던 시간을 생각해서 더 멀어지지 않느냐 더 가까워지느냐 하는 것은 전적으로 관계를 맺고 있는 모든 사람의 책임이라는 것을 잊지 말아야 하지 않을까 싶어.

8. 살아있음을 느낄 때

창밖에서 갑자기 빗소리가 들릴 때
하늘에서 갑자기 함박눈이 쏟아질 때

한낮에 꿀맛 같은 낮잠을 자고 일어날 때
한여름 매미 소리가 사방에서 울릴 때

좋은 음악을 들으며 눈물을 흘릴 때
놀이동산에서 신나게 놀이기구를 탈 때

비행기를 타고 하늘에서 구름을 볼 때
내가 살만한 때라 느끼는 것이 이리 많은 줄 몰랐다

　친구야,
　우리는 언제 살만하다고 느끼는 것일까? 우리가 살아있음을 느낄 수 있는 것은 언제일까? 우리의 존재의 의미 있음을 인식할 수 있는 것은 어느 때일까?

책을 보다가 창밖으로 비가 내리는 소리가 들렸어. 그날따라 왠지 그 소리가 빗소리가 마음에 와닿았지. 길을 가다가 갑자기 함박눈이 펑펑 쏟아져 내렸어. 하늘을 바라보니 커다란 눈꽃이 쏟아져 내리고 있었어. 만약 내가 이 세상에 존재하지 않는다면 이런 광경을 볼 수 없겠구나 하는 생각이 들었어. 살아있기에 볼 수 있는 장면이었던 것 같아.

제주도를 가면서 비행기에서 흰 구름을 내려다보았어. 어찌나 아름다운지 가슴이 그냥 먹먹했어. 그 아래로 보이는 바다와 더불어 이러한 자연을 느낄 수 있다는 것은 축복이라는 생각을 했어.

제주도에 도착한 후 한라산에 올라갔어. 백록담까지 가는 내내 높이에 따라 계절이 바뀌더라구. 전에 볼 수 없었던 너무나 멋있는 한라산의 절경에 신선이 된 듯한 느낌이었어. 내가 이 세상에 살아 존재하기에 경험해 볼 수 있는 것이었어.

무더운 한여름 나도 모르게 낮잠이 들었어. 시간이 지나 빽빽 울어제끼는 매미 소리에 잠에서 깨어났어. 매미가 얼마나 울어대는지 생명의 치열함에 가슴이 저렸어. 피곤했던 몸도 날 듯이 가벼워졌구. 더 이상 바라는 것이 없었어.

밤이 깊어 갈 때 창밖을 바라보며 음악을 들었어. 슬픈 음악은 아닌데 그냥 눈물이 났어. 깊은 밤 사방은 고요한데 음악은 나의 마음에 이슬이 맺히는 듯했어.

살아가는 것이 별것은 아니지만, 살아있기에 가슴 벅찬 순간들도 많았다는 것을 느껴. 남아 있는 시간 속에서도 그러한 순간은 많으리라 믿고 싶어. 나에게 어떠한 일이 다가오더라도 삶은 결코 포기할 필요가 없다고 생각해. 너무나 아름다운 순간이 많다는 것을 알기에 그 순간들을 느끼고 싶을 뿐이야.

　친구야,

　너는 언제 살고 싶다는 생각이 드는지 궁금하다. 네가 살아있음을 느끼는 때가 언제인지 알려주면 나도 그러한 순간을 느낄 수 있을 것 같아. 많이 기대하고 있을 테니 꼭 알려주어야 해.

9. 시간을 돌릴 수 있다면

시계가 거꾸로
가기 시작한다

미래로 흐르던 시간은 멈추고
과거로 흐르기 시작했다

하고자 했으나 못했던 일
최선을 다했으나 잘못된 일
나도 모르게 놓쳤던 일

다시 만나고 싶은 사람
스쳐 지나갔던 인연
피하고 싶었던 사람

모든 것들을 다시
시작할 기회가 주어졌다

이게 웬일인가 싶지만
또다시 나의 마음은
지치기 시작한다

차라리 시계가 거꾸로
가지 않는 것이 나을 뻔한 듯

남아 있는 시간으로도
충분했었던 것 같다

 친구야,

 아침에 일어났는데 창밖에 비가 내리고 있었어. 봄비를 보니 마음이 그냥 편안해지더라. 일요일 아침이라 여유도 더 있는 것 같아.

 비를 잠시 보다가 책상으로 와서 컴퓨터를 켰어. 언뜻 컴퓨터 앞에 있는 탁상시계를 보았어. 탁상시계를 보다가 갑자기 시계가 거꾸로 돌기 시작한다면 어떻게 될까 하는 생각을 해봤어.

 내가 만약 어린 시절이나 젊었던 때로 돌아간다면 나는 지금과는 다르게 살게 될지 궁금했어. 사실 생각해보면 지나온 세월에 후회되는 일도 너무 많고 아쉬운 것들도 많아. 과거로 돌아가서 그러한 일들을 고치고 싶기도 하고. 좀 더 좋은 결과를 만들어 낼 수 있을 것 같기도 하고.

진심으로 바랐던 일들도 많았는데 그것 중에 이룬 것보다는 이루지 못한 것들이 더 많은 것 같아. 그것들로 인해 지금 나의 모습이 만들어져서 조금은 아쉽기도 해. 내가 물리학을 안 하고 생명과학을 했다면 어떻게 되었을까? 사실 두 가지 중에서 고민을 많이 했었거든.

최선을 다하며 산다고 살았는데 지금 돌이켜 보면 꼭 최선은 아니었던 것 같아. 좀 더 신중하게 더 많은 노력을 할 수 있었을 텐데 하는 아쉬움도 너무 많아.

실수로 잘못한 일들도 정말 많았던 것 같아. 그러한 실수를 왜 했는지 지금 생각해보면 이해가 되지도 않아. 내가 왜 그 정도밖에 안 됐는지 한심하게 생각이 되기도 하고.

좋은 사람들을 만날 기회가 있었는데도 그렇게 하지 못했던 것 같고. 피하고 싶었던 사람들도 많았는데 그것도 잘못한 것 같고. 좀 더 친하게 지내야 했었던 사람들도 있었는데 그냥 스쳐 지나간 것 같기도 하고.

그런데 가만히 생각해보면 과거로 돌아가 다시 모든 일을 하게 된다 해도 그 상황에서 또 다른 실수도 하고, 이루지 못하는 것도 역시 생길 것이고, 내가 원하지 않는 일들도 나에게 다가올 것은 아마 마찬가지라는 생각이 들어.

사실 우리가 살아가면서 후회하지 않는 사람들은 없을 거야. 누구나가 다 아쉬운 일들도 많을 거고. 다시 시간이 주어진다고 해도 그러한 상황에서 또 다른 후회되는 일, 아쉬운 일들도 생기게 될 거야. 또 다른 가슴 아픈 일이나 상처가 되는 일, 힘들고 고통스러운 일들도 아마 생기게 되겠지.

차라리 지금 나에게 남아 있는 시간을 과거로 돌아간다는 마음으로 살아가는 것이 나을 것이란 생각이 들어. 우리에게 주어진 시간은 극히 제한적이라는 마음으로 오늘 나에게 주어진 시간이나마 보다 의미 있게 살아가는 것이 과거로 돌아가는 것보다는 더 낫지 않을까 하는 생각을 해 봤어.

친구야,

오늘 내리는 봄비는 대지를 촉촉이 적셔서 새로운 생명에게 많은 도움을 될 것 같아. 나의 마음에도 봄비가 많이 내렸으면 좋겠어. 나이가 들수록 나의 영혼은 모래바람이 날리는 메마른 사막 같다는 느낌이야. 내 마음에도 봄비가 충분히 내려 새로운 생명이 움터오는 그러한 대지가 되면 좋겠어.

일요일이지만 오늘은 집에만 있지 않고 조금 있다가 외출을 할 생각이야. 비가 하루 종일 온다고 하니 우산을 쓰고서라도 봄비를 느껴보고 싶거든. 너도 오늘 오는 봄비를 마음껏 즐기기 바래.

10. 좋은 날이 계속되기를

희망의 날들이 계속되기를
절망은 잠시만 머무르고

기쁨의 날들이 계속되기를
슬픔은 잠시만 머무르고

행복의 날들이 계속되기를
불행은 잠시만 머무르고

즐거움의 날들이 계속되기를
아픔은 잠시만 머무르고

사랑의 날들이 계속되기를
미움은 잠시만 머무르고

밝은 날들이 계속되기를
어둠은 잠시만 머무르고

이것이 꿈이라도 할지라도
그냥 그렇게 계속되기를

　친구야,
　우리는 살아가면서 왜 이리 많은 일을 겪어야 하는 것일까?
좋은 일이야 아무런 문제가 없지만, 원하지 않는 좋지 않은 일도
우리에게는 너무 많이 생기는 것 같아.

　좋은 날들로만 우리의 인생이 채워지면 좋을 텐데, 지구상의 그
누구도 그런 경우는 없겠지? 문제는 감당할 정도의 어려운 일은
괜찮겠지만, 감당하기 힘든 일을 겪게 되는 경우에는 정말 절망
적이야. 그것이 너무 버거워서 그 무게를 버티지 못하는 경우도
있으니까. 감당하지 못 할 일은 없다고 말하는 사람들도 있지만,
그것은 그들이 진정으로 어렵고 고통스러운 것을 경험하지 않았
기에 하는 말이 아닌가 싶어. 아니면, 그러한 것들을 다 겪고 나
서 되돌아보면서 하는 말이거나.

　그래도 우리에게 내일이 있다는 사실은 다소 희망적인 것 같아.
힘든 일이 언젠가는 끝나고 좋은 일도 살다 보면 생길 수 있다는
그러한 소망이라도 가질 수 있으니까. 물론 내일이 무조건 우리
에게 주어지는 것도 아니고, 내일이 오지 않을 수도 있기는 하지
만.

　정말 오늘을 버티고 나면 내일에는 좋은 일이 생길까? 그동안
의 세월이 이를 증명하기는 하는 걸까? 그래도 어차피 내일은 오

니까 비관적으로 생각하는 것보다는 좋게 생각하는 것이 더 낫겠지.

친구야,

오늘따라 꿈을 꾸고 싶다는 생각을 했어. 기쁘고 행복하고 즐거운 일들만 생기는 꿈, 미워하는 사람 하나 없고 사랑하는 사람만 있는 꿈을 꾸고 싶어. 물론 너는 "꿈같은 소리 하고 있네"라고 하겠지. 하지만 그런 꿈을 꾸고 그 꿈에서 깨어나고 싶지 않은 생각이 드는 이유는 무엇 때문일까? 나는 그렇게 서라도 잠시나마 위로를 받고 싶어서 그러는 걸까?

11. 허망할 줄 알면서도

오늘 내가 여기에 있는 것은
보다 나은 내일을 희망하기
때문인지 모른다

오늘 내가 누군가를 만남은
그와 함께 삶을 나누기
위함일지 모른다

오늘 내가 무언가를 하는 것은
나의 존재를 증명하고 싶기
때문인지 모른다

그 모든 것이 허망할 줄 알면서도
나는 그저 오늘을 살아가고
있는지도 모른다

그 허망함이 언젠간

마음 한켠에서 조그만 빛으로
승화하길 바라는
작은 소망이 있을 뿐이다

　친구야,

　오늘은 주말인데 아침부터 봄비가 촉촉이 내리고 있어. 왠지 밖으로 나가 그 비를 맞고 싶다는 생각이 들어. 이제 흠뻑 비를 머금은 대지는 따뜻한 봄 날씨와 더불어 새로운 생명을 탄생시키게 될 거야.

　가만히 생각해보면 우리도 무언가를 위해 그동안 참으로 열심히 살아왔던 것 같아. 내가 생각하기엔 너는 나보다 훨씬 더 열심히 살았던 것 같구.

　우리는 무엇을 위해 그 많은 시간을 치열하게 살아왔던 것일까? 어렸을 때나 젊었을 때는 아무것도 모른 채 그저 최선을 다해 살다 보면 좋은 일들만 있을 것이라 믿고 살았던 것 같아. 시간이 흘러 나이가 들면, 무언가 의미 있는 것들을 이룰 수 있고, 좋은 사람들이 내 주위에 항상 많을 것이라 믿었고, 내가 바라던 꿈도 어느 정도 이룰 수 있을 것이라 희망했던 것이 사실이야.

　그런데 요즘 와서 생각해보면 그렇게 열심히 살아왔지만, 희망했던 그런 삶을 내가 지금 살아가고 있는 것 같지는 않아.

　물론 이룬 것도 있지만, 그런 과정에서 잃어버린 것도 많은 것 같고, 잘못된 길을 걸어온 것은 아닌지 하는 생각도 들어.

아마 이러한 생각이 드는 이유는 그동안 나는 목적만을 추구한 채 살아왔기 때문인 것 같아. 내가 생각했던 목표를 이루어야 삶이 충족되고, 내가 바라고 원하는 것이 이루어져야 행복한 삶이 완성될 거라고 생각했던 것 같아.

그것은 아마 내가 너무 생각이 없었거나, 원하는 목표를 이루기 위해 바빠서 그랬거나, 아니면 정말 내가 무지해서 그랬을 거야. 삶은 결코 목적이나, 희망이나 이루고 싶은 꿈에 의해 결정되는 것은 아닌 것 같아.

내가 걸어가는 그 길의 과정에서, 하루하루 보내는 그 순간에서 삶은 존재하는 것 같다는 생각이 들어. 이제는 내가 경험했던 삶의 허망함을 조금씩이라도 바꾸어 볼 생각이야. 어떻게 해야 그것이 가능한 것인지는 잘 모르지만, 간절히 바라고 소망하다 보면 또 다른 길이 보이기는 하겠지.

오늘 봄비가 내리는 것을 느끼며, 비가 그치면 푸른 하늘과 하얀 구름을 바라보며, 따뜻한 봄 날씨에 피어나는 예쁜 꽃들을 보며, 살며시 부는 봄바람을 맞으며, 그런 현재의 순간을 지내다 보면 또 다른 무언가를 볼 수 있는 그러한 날들이 오지 않을까 싶어.

12. 티벳에서의 7년

친구야,

오늘은 주말이라 시간을 내서 영화 한 편을 봤어. 〈티벳에서의 7년〉이라는 실화를 바탕으로 한 영화였는데, 나에게 많은 생각을 하게 해주는 영화였어.

오스트리아 출신인 주인공 하인리히 하러(브래드 피트)는 1930년대 후반 세계에서 가장 유명한 산악인이었어. 그의 성공에 대한 야심은 끝없는 도전으로 세계 최고봉의 산악등반을 이루어낼 수 있게 만들어. 하지만 세속적인 성공에 밀려 결혼 생활에서 아내와 아기에 대한 관심은 뒤로 밀리게 돼. 1939년 그는 임신한 아내를 뒤로한 채 세계 최고봉 중의 하나인 낭가파르바트 원정을 떠나게 돼. 낭가파르바트는 해발 8,125m로 당시로서는 인간이 등정할 수 있는 가장 높은 산 중의 하나였어. 그때까지만 해도 아직 그 누구도 히말라야의 최고봉인 에베레스트산을 정복하지 못했으니까, 낭가파르바트만 등정을 해도 엄청난 영웅이 되는 거였지.

하지만 수개월의 노력에도 불구하고 정상을 얼마 남겨두지 못한 상황에서 눈사태와 동료들의 사고로 인해 철수를 해야 했어.

그런데 운명이라는 것이 그의 앞길을 알 수 없는 곳으로 인도해 버려.

낭가파르바트 등반 도중에 세계 2차 대전이 발발하게 되고, 그가 하산을 하자 당시 영국의 식민지였던 인도였기에 그는 적국의 포로로 생포가 돼서, 포로수용소에 수감하게 돼.

자유를 위해 여러 차례 수용소를 탈출하려고 하지만, 번번이 실패를 하게 되고, 그러는 사이 몇 년이라는 세월이 순식간에 흘러가 버리게 되지. 그 와중에 고국에 있던 아내는 아기를 이미 낳았고, 돌아오지 않는 남편을 원망하다가 결국 하인리히의 절친한 친구와 동거를 하게 돼.

힘들게 아내에게 수용소에 있다는 소식을 전하지만, 그 소식을 받은 아내는 그를 철저하게 외면하고, 그의 편지에 대한 답장은 아내로부터 온 이혼소송장이었어. 그의 아내는 그와 결별을 선언하고 공식적으로 그의 친구와 결혼을 하게 돼.

절망에 빠진 그는 목숨을 걸고 포로수용소를 탈출하지만, 워낙 험준한 히말라야산맥에서 길을 잃고 오랜 기간 헤매다가 포로로 다시 붙잡히지 않기 위해 인도 국경을 넘어 티벳으로 들어가게 돼. 티벳에서는 목숨을 건질 수 있을 것이란 생각으로 많은 우여곡절 끝에 달라이라마가 있던 곳에서 정착을 하게 되지.

그런 과정에서 우연히 당시 10대 소년이었던 달라이 라마와 인연을 맺게 되고 달라이 라마는 그로부터 서양 문물에 대한 지식을 얻기 위해 매일 같이 만나 정을 쌓기 시작하지.

하지만, 운명은 또 한 번 주인공인 하인리히와 달라이 라마에게까지 저항할 수 없는 아픔의 시련을 안겨주게 돼. 중국 공산당에서 권력을 잡은 마오쩌둥은 티벳을 중국의 영토로 선언해 버리고 항복을 권하지만, 달라이 라마는 이를 거절하지. 이에 따라 중국 공산당은 수많은 병력으로 티벳에 전쟁을 일으키게 되고, 이에 따라 티벳 국민 100만 명이 결국 목숨을 잃게 돼. 또한, 달라이 라마는 비록 티벳 영토를 중국 공산당에 빼앗기지만 무릎을 꿇지 않고 인도로 망명하는 선택을 해. 그러한 과정에서 하인리히는 달라이 라마의 권유를 받아들여 아들이 있는 자신의 고국 오스트리아로 돌아가게 돼.

주인공인 하인리히는 몇 년 동안 달라이 라마와 같이 생활하면서 자신이 그동안 살아왔던 과정을 돌아보며 잘못된 길을 걸어왔다는 것을 인식하게 돼. 비록 10대 소년이었지만, 달라이 라마가 바라보는 세계는 하인리히가 생각했던 그런 세계가 아니었어. 결국 하인리히는 자신이 그동안 가지고 있었던 세속적인 세계관과 작별을 하고, 달라이 라마처럼 보다 더 커다란 가치를 위해 자신의 세계관을 조금씩 바꾸게 돼.

어린 소년이었지만 세상을 바라보는 시야가 달랐던 달라이 라마, 그가 영적인 지도자인 이유는 너무나 확실했어. 우리 같은 평범한 사람이 보는 시야로 이 세상을 바라보지 않았거든. 달라이 라마로 인해 새로운 가치관을 가지게 된 주인공 하인리히는 아내와 아들에게 속죄를 하게 되고, 비록 아내와 다시 생활할 수는 없지만, 자신의 아들에게 많은 사랑을 베풀며 고국에서 여생을 지내게 되지. 인도로 망명을 한 달라이 라마와는 그 이후 30년에 걸쳐 진한 우정을 나누다가 2006년 사망하게 되고, 오스트리아에서는 그를 기념하는 박물관을 세워 주지.

　우리가 살아가는 세상은 어떻게 보는가에 따라 많이 다른 것 같아. 현재 나는 세상을 어떤 관점으로 보고 있는 것일까? 나는 지금 진정 올바른 시야로 세상을 보고 있는 중일까? 나중에 시간이 흘러 내가 바라보았던 세상에의 시야가 잘못된 것은 아니어야 할텐데 하는 걱정이 들어. 〈티벳에서의 7년〉이라는 영화를 보면서 세상을 바라보는 나의 시야가 올바른 것인지 항상 생각을 하며 살아가야겠다는 생각이 들었어.

13. 심야 식당

친구야,

오늘은 일본 영화 〈심야 식당〉을 봤어. 나는 사실 일본 영화는 거의 안 봐서 조금 보다가 재미가 없으면 그만 보려고 했는데 상당히 평범하면서도 왠지 마음에 끌려 끝까지 보게 되었어.

영화의 배경은 도쿄의 뒷골목, 차도 다니지 못하는 걸어서만 갈 수 있는 아주 좁은 골목의 작은 식당에서 일어나는 이야기야.

사람들은 바쁜 하루 일과를 끝내고 피곤한 몸을 이끌고 이곳 심야 식당에 들러서, 허기진 배를 간단한 음식으로 배를 채운 뒤 집으로 돌아가곤 해. 이 식당은 조금 작지만, 많은 사람이 항상 붐비곤 하는 곳이야.

그 많은 사람은 각자 다른 종류의 삶을 살아가고 있어. 직업도 다양하고, 사회적 지위나 외모, 생각하는 방식, 살아온 환경, 그 모든 것이 전부 다른 채, 이곳에 들러서 자신이 좋아하는 음식을 먹고 집으로 돌아가지.

식당 주인은 오는 모든 사람을 그 사람들 방식대로 받아줘. 그리고 그들이 원하는 종류의 음식을 정성껏 만들어 주면 사람들은 그 음식을 아주 맛있게 먹고 항상 감사한 마음으로 인사를 하고 집으로 돌아가지.

삶의 끝에서 헤매다 우연히 이 식당을 들린 20대 초반의 아가씨가 오고 갈 데가 없다는 걸 알게 된 심야 식당 주인은 흔쾌히 그녀에게 자신의 식당에서 일할 기회를 주고, 식당의 2층에서 편하게 쉬면서 지내라고 도움을 줘. 그런 과정에서 식당 주인은 조용히 그녀를 응원해 주고, 묵묵히 지켜보면서 그녀에게 정성이 가득한 따뜻한 음식을 대접해 줘. 어디로 가야 할지 모르던 그녀는 비로소 심야 식당에서 자신의 지나온 시간을 돌아보고 삶에 대한 의욕을 되찾은 후 자신이 가야 할 길을 찾아 새롭게 인생을 시작하기도 해.

또 다른 여인은 사랑에 실패하고, 이로 인한 아픔에 현실이라는 삶에서 도망치곤 했지만, 그녀 역시 식당주인의 따뜻한 배려로 자신의 삶의 곡절을 다 받아들인 후 다시금 힘과 용기를 얻어 자신의 길을 새로이 출발하게 돼.

그 외에도 이 심야 식당을 드나드는 사람에게는 공통점이라고는 하나도 없이, 모두 서로 다른 삶의 우여곡절들이 있지만, 그 지치고 피곤한 몸으로 식당에서 따스한 밥 한 끼 먹는 것으로 그나마 위로를 받곤 해.

나는 이 영화를 보면서 "심야 식당"의 진정한 의미는 무엇일까 생각해 봤어. 열심히 나름대로 하루를 살고, 피곤한 몸으로 찾아가고 싶어 하는 곳, 따스한 밥 한 끼라도 정성으로 대접받을 수 있는 곳, 힘들고 어려운 일을 겪으며 상처 입은 마음을 조금이라도 마음 편하게 터놓고 이야기할 수 있는 곳, 그곳이 아마 심야 식당이 아닐까 싶어.

심야 식당을 들르는 모든 사람에게는 나름대로 삶의 애환과 피곤함이 있었지만, 그들은 이곳에서 주인의 정성 어린 밥 한 끼를 먹고 또 다른 내일을 준비할 수 있었던 거야. 아주 작고 평범하며 음식 맛이 특별하지도 않은 그런 식당이었지만, 그 식당을 들른 사람들은 따스한 위로와 정성이 들어간 밥 한 끼, 그리고 편안하고 인정 있는 배려가 그리웠던 것이 아니었나 싶어.

영화를 보고 나서 나에게는 이러한 심야 식당 같은 장소가 어디일까 생각해봤어. 내가 힘들고 피곤할 때 마음 편하게 거리낌 없이 가서 따스한 밥 한 끼 먹을 수 있는 곳은 어디일지, 그런 곳이 나에게도 있는 것인지 생각해보니, 아직 나에게는 그러한 장소가 없는 것 같다는 생각이 들었어. 나는 언제쯤 그러한 곳을 갖게 될 수 있을까? 내가 힘들고 마음 아플 때 편하게 가서 쉴 수 있는 곳이 있다면 정말 좋을 텐데 하는 생각이 들었고, 심야 식당을 찾을 수 있었던 그 사람들은 어쩌면 행복한 사람들이구나 하는 생각이 들었어.

친구야,

나에게도 언젠가는 그 심야 식당 같은 장소가 나타나겠지? 그냥 아무 생각 없이 가도 편하게 받아주는 곳, 밥 한 끼라도 아무런 고민 없이 먹을 수 있는 곳, 그런 곳이 어서 생겼으면 좋겠다는 생각이 들어.

14. 위로

친구야,

환절기인지 감기가 오는 것 같아. 저녁 먹고 쉬면서 음악을 들어야겠다는 생각을 했어. 편안한 음악이 듣고 싶어서 리스트의 위로를 들으면서 글을 쓰고 있어.

리스트는 어떻게 이런 음악을 작곡하게 되었을까? 듣고 있는 것만으로도 마음이 온화해지는 듯한 느낌이야. 사실 이 음악은 그가 사랑했던 여인인 비트겐슈타인 후작 부인을 위해 작곡한 곡이야.

당시 리스트와 비트겐슈타인 부인은 사랑의 도피 중이었어. 후작 부인은 남편이 이혼에 동의하지 않는 상태에서 정신적으로 힘들었고, 피부에 종기가 계속 생기는 불치병으로 육체적으로도 고통을 받고 있었어. 하지만 비트겐슈타인 부인은 리스트와 같이 있는 것만으로도 전에 느끼지 못했던 행복을 느꼈다고 해.

리스트는 부인을 진정으로 사랑했고, 아마 그녀의 아픔을 조금이라도 위로해 주기 위해 그는 이 음악을 작곡했을 거야. 이 음악을 들으면 리스트가 그녀를 마음속에서 진심으로 아껴주었구나 하는 생각이 들어.

조용하면서도 은은하고 편안하면서도 깊이 있는 피아노 선율은 듣는 이로 하여금 모든 것을 순간이나마 잊어버릴 수 있도록 해주는 것 같아.

멜로디 자체가 따뜻하고 누군가를 조용하게 응원하는 듯한 느낌도 들어. 너무 힘들어하지 말라고, 마음 편안하게 지내라고, 모든 것들이 다 잘 될 거라고, 아무 걱정하지 말라고, 리스트는 이 곡에서 그렇게 말하는 것 같아. 리스트의 순애보적인 사랑을 후작 부인도 이 곡을 들으면서 느꼈을 거야.

살아가면서 어려움이 있을 때 그 누군가가 나를 위로해 주는 것만큼 힘이 되는 것은 없을 거야. 나를 이해해주고, 나를 위해 응원해주는 그런 사람이 있다면 아마 커다란 어려움도 충분히 이겨낼 수 있을 것 같아. 봄밤에 이 음악을 들으니 왠지 기분이 나아지는 듯해.

친구야,

너도 이 음악을 한번 들어보렴. 만약 네가 지금 어려운 일을 겪고 있다면 이 음악을 들으면서 기운을 냈으면 좋겠어. 여러 가지로 힘든 일이 있어도 이 음악을 들으면서 잠시 동안이라도 모든 것을 잊고 마음이 편해지길 바랄게.

15. 흔적

친구야,

새벽에 눈이 떠졌어. 어젯밤에 감기약을 먹고 일찍 잠이 들어서 그랬나 봐. 어젯밤에 읽으려던 임철우의 〈흔적〉을 오늘 새벽에 읽었어.

이 소설은 삶의 마지막을 앞둔 어떤 한 노인의 죽음을 준비하는 이야기야. 그에게는 주위에 아무도 없었어. 하나밖에 없는 아들은 오래전에 죽었고, 아내마저 3년 전에 세상을 떠났어.

그에게는 자신이 죽으면 시신을 거둬 장례를 치러 줄 사람이 아무도 남아 있지 않아서 자기 죽음의 흔적을 지저분하게 만들지 않고 깨끗하게 삶의 마지막을 마무리하고 싶어 해. 그는 자신의 죽음을 준비하는 과정에서 모두가 그렇듯 지나온 날들을 회상하게 돼.

"애당초 어디서 길을 잘못 들어섰던 것일까. 어리석은 아들이 친구의 꾐에 빠지지만 않았더라면 모든 게 달라졌을까. 그랬더라면 송두리째 파산을 당하지도 않았을 터이고, 아들의 이혼도 없었을 터이고, 며느리가 아이를 지우는 일도, 아아, 끔찍한 죽음도 없었을 터이지. 아니야, 애초에 녀석을 그렇듯 턱없이 유약하고 선량하기만 한 놈으로 키우지 않았다면, 공대가 아니라 제 소원대로 미술대학에 보냈더라면. 아니야. 그날 밤 내 눈앞에서 술 취해 울고불고 못난 꼴을 보였을 때, 그때 내가 조금만 참았더라면, 못난 놈이라고 고함을 지르며 뺨을 때리지만 않았더라면. 그랬더라면, 이 모든 것이 달라졌을까. 매운 연기도 그쳤는데, 당신은 눈물이 훅 솟구친다. 건너편 숲이며 골짜기가 물기에 어룽져 희미해 보인다."

살아가면서 후회가 되는 일이 없는 사람이 있을까? 아마 모든 사람은 다 각자 나름대로 아쉬운 일들이 많을 거야. 하지만 지나온 시간은 돌릴 수 없기에, 그러한 모든 것은 어쩔 수 없이 받아들여야만 할 거야. 나름대로 고민해서 선택을 하고 최선을 다해 살아왔으니까 다시 기회가 주어진다고 하더라도 별 차이가 없을 거야.

"마지막 순간이 임박했음을 당신은 또렷이 예감하고 있었다. 길 위에서, 아니면 방 안에서. 어차피 당신이 죽음과 조우하는 형식은 그 둘 중 하나일 터였다. 그러나 무심히 걷다가 불시에 길바닥에 쓰러져 개처럼 죽고 싶지는 않았다. 그렇다고 아무도 없는 집에서, 끔찍한 악취와 함께 부패한 시신으로 뒤늦게 발견되는 것은 더 참을 수가 없었다. 당신 몫의 육신, 그것은 바로 당신 자신이기 때문이었다. 당신의 육신을 추악하고 끔찍한 오물 덩어리로 만들어 비정한 타인들의 조롱과 구역질과 가래침을 뒤집어쓰게 할 수는 없었다. 하지만 당신에겐 그 외의 선택은 존재하지 않았다. 당신은 철저히 혼자였다. 이제 당신을 두렵게 하는 것은 죽음이 아니었다. 어떻게 죽을 것인가. 어떻게 죽어야 이 초라한 흔적을 지상에 남기지 않을 것인가. 바로 그것이 당신을 두렵게 했다."

소설에서 주인공은 결국 자신의 죽음이 비참한 흔적으로 남겨지는 것이 두려워 스스로 배를 타고 먼바다에 나가 몸을 던져 깊은 바닷속에서 자신의 마지막을 흔적 없이 끝내려고 해.

주인공의 모습을 보며 이러한 상황이 남의 이야기가 아닌 우리의 이야기가 될 수도 있다는 생각이 들었어. 죽음은 누구에게나 찾아오는 것이고, 거부할 수도, 저항할 수도 없기에 받아들일 수밖에 없고, 지저분한 흔적 없이 깨끗하게 삶을 마무리하는 것이 그나마 나은 것이 아닌가 하는 생각이 들었어.

친구야,

우리들의 흔적은 나중에 어떤 모습일까? 바라건대 내가 남겨놓는 흔적은 주인공이 생각하는 것처럼 지저분하지 않고 조금이라도 깨끗하고 아름다웠으면 좋겠어. 비록 이 소설이 조금은 어둡고 우울한 내용이기는 하지만, 우리에게 언젠가는 다가올 현실이 될 것이기에 지금부터라도 더 아름답게 오늘을 살아가야겠다는 생각을 하게 되었어. 오늘 하루도 아름다운 시간으로 채워지길 바라며 다음에 또 쓸게.

16. 엘비라 마디간

친구야,

밤은 깊어가는데 아직 잠이 오지를 않아서, 음악을 듣고 있어. 이제는 자기 전에 음악을 듣는 게 습관이 돼서 조금이라도 음악을 들어야 잠이 들곤 해. 오늘은 그냥 평소에 자주 듣는 모차르트를 듣고 있어. 밤에 어울리는 악기는 뭐니뭐니 해도 피아노가 아닐까 싶어.

오늘은 모차르트 피아노 협주곡 21번을 듣고 자려고 해. 이 음악이야 "엘비라 마디간"이라는 영화의 OST로 쓰여서 너무나 잘 알려진 거지. 그 영화로 인해 이 음악을 모르는 사람은 아마 없을 거야. 너무 많이 알려져서 익숙하고 흔하지만 처음 듣는다는 마음으로 들으면 새롭게 마음에 와닿는 것 같아.

이 음악을 들으면 자연히 영화 엘비라 마디간이 생각이 나. 아주 오래전에 본 영화지만, 너무나 인상이 깊었기에 아직까지도 기억에 생생해.

영화에서 엘비라와 식스틴은 그들이 가지고 있는 모든 것을 포기하고 함께 도주하지. 그들이 이미 이루어 놓은 것도 다 포기한 채 오직 둘의 사랑만을 위해 나머지 생을 살아가기로 하지. 요즘엔 이런 순애보적인 사랑은 드문 것 같아. 조건이나 환경, 자신의 이익을 더 중요하게 생각하는 경향이 더 크다는 느낌이야. 상대방을 진정으로 좋아한다면 자신의 생각이나 판단보다는 상대방을 더 생각하고, 자신의 이익도 과감히 포기하지만, 요즘엔 그 반대인 것 같아. 자신에게 도움이 되지 않는다면 오히려 사랑을 포기하는 경향도 많은 것 같아.

모차르트의 음악은 이 영화와 정말 너무 잘 어울린다는 생각이 들어. 엘비라와 식스틴의 순수한 사랑을 대변해 주는 듯한 맑은 멜로디와 물 흐르는 듯한 음악의 이어짐은 두 사람의 진정한 사랑을 여지없이 표현해주는 듯한 느낌이야.

이 음악처럼 두 사람의 사랑도 완벽하게 이루어졌으면 얼마나 좋았을까? 하지만 두 사람의 운명은 비극적인 죽음으로 끝나게 되고 말지.

하지만 그들은 후회하지는 않았을 거야. 그러한 결말을 예상했을지도 모르고, 그 예상에도 불구하고 두려움 없이 그들이 가야 할 운명의 길을 스스로 선택한 것이 아닌가 싶어. 비록 죽음에 이르기는 했지만, 그들은 자신이 선택할 수 있는 최선의 길을 선택해서 간 것이라고 믿고 싶어. 비극적인 결말이지만, 엘비라와 식스틴에게는 결코 비극이 아니었을 거야. 행복하게 자신의 소원을 이루었으니 더 이상 바라는 것도 없지 않았을까 싶어. 가장 행복한 죽음을 선택했는지도 모르지.

어쨌든 나는 이 영화나 음악 모두 아름답다는 것 외엔 다른 것을 생각할 필요가 없는 것 같아. 이제 이 음악을 한 번 더 듣고 자야겠지. 또 다른 내일이 기다리고 있으니.

17. 클링조어의 여름

친구야,

오늘은 헤세의 〈클링조어의 마지막 여름〉을 읽었어. 중학교 때부터 좋아했던 헤세여서 그의 작품은 거의 다 읽었는데, 엊그제 학교 도서관에 갔다가 우연히 이 책을 발견했어. 처음 본 책이라 바로 빌려서 읽었어.

주인공인 클링조어는 화가야. 아마 헤세가 좋아했던 고흐를 모델로 삼아 소설을 쓴 것 같아. 예술가로서 삶에 대한 열정을 가지고 자신의 미술 세계를 창조해 가려는 주인공의 치열한 삶을 그린 이야기야.

"계속해서 즐기면서, 계속해서 창조적으로, 모든 창문들 뒤쪽에서 매일 낮 음악이 울리고 매일 밤 수천 개의 촛불이 반짝이는 성처럼 계속해서 모든 감각과 신경을 명료하게 극도로 긴장시킨 채, 그는 매일 낮 여러 시간 동안 열정적으로 작업하고, 매일 밤 여러 시간 동안 열정적으로 생각했다. 이제 끝이 다가오고 있었다. 이미 힘은 많이 소진되었고, 시력도 많이 약해졌다. 삶은 많은 피를 흘렸다."

이 책을 읽으면서 나는 얼마나 열정적으로 나의 삶을 살아가고 있는 것인지 생각하게 되더라. 주인공 클링조어는 자신만의 세계를 담은 그림을 그리기 위해서 그의 모든 것을 바쳐서 살았어. 예술가로서 완벽한 삶을 살아가려는 클링조어가 한편으로는 많이 부럽기도 했어. 자신의 모든 것을 걸고 살아갈 수 있는 그 뜨거운 열정을 나는 오래전에 잊어버린 것 같아.

"내 말은, 오늘은 결코 다시 오지 않으며 오늘을 먹고 마시고 맛보고 냄새 맡지 않는 사람에게 영원히 절대로 두 번 다시 주어지지 않는다는 거야. 태양은 두 번 다시 오늘처럼 빛나지 않을 거야. 태양은 하늘에서 목성과 나와 아고스토와 에어질리아, 우리 모두의 성좌를 이루고 있어. 이러한 상황은 결코, 결코 다시 오지 않아, 수천 년이 지나도 다시 돌아오지 않는다는 말이야. 행운이 올 것 같으니까 나는 지금 당신 왼쪽으로 조금 다가가서 당신의 에머랄드 빛 양산을 받쳐 들고 싶어. 그러면 양산 빛으로 인해 내 머리가 오팔처럼 보일 거야. 하지만 당신도 같이해 줘야 하고 노래를 불러야 해, 당신이 아는 가장 아름다운 노래를."

주인공 클링조어는 오직 오늘을 치열하게 살아가는 데 관심이 있을 뿐이야. 대부분의 사람들이 원하는 삶의 길을 거부하고, 자신의 예술을 위해 오늘이라는 현재가 존재하고 있고, 오늘을 온전히 자신의 예술을 위해 살아가는 것만이 그의 삶의 진정한 의미라고 생각하지.

나이가 들수록 나의 내면에는 뜨거운 열정이 사라지는 것 같아. 물론 그것이 인지상정인지는 모르지만, 가끔씩은 나이가 들었어도 나의 내면의 모든 것을 바칠 수 있는 그러한 것이 있으면 행복하겠다는 생각이 들어.

나에게는 어떠한 일들이 지금 나의 위치에서 열정을 쏟아부을 수 있는 것일까? 어떤 중요한 결실을 맺기 위해서는 그러한 열정이 꼭 필요할 텐데, 현재 나에게 그러한 정열이 없다는 것은 내가 앞으로 어떠한 열매를 맺을 수 있는 것이 없을 것 같다는 생각이 들어서 조금은 속이 상했어. 젊었을 때의 그러한 정열은 아닐지라도 지금 나의 에너지를 어느 정도 쏟아부을 수 있는 그러한 일들을 찾아봐야겠다고 생각했어. 찾다 보면 조만간 어떤 것 하나라도 발견할 수 있겠지?

18. 그녀는 왜 아프리카를 떠났을까?

친구야,

지금 창밖에서 비 내리는 소리가 들려. 오늘내일 많은 비가 온다고 해. 비가 오니까 갑자기 모차르트 클라리넷 협주곡이 생각이 났어. 이 곡은 모차르트가 그의 평생에 작곡한 유일한 클라리넷 협주곡이야. 그가 죽기 2개월 전에 작곡한 모차르트 생애 마지막 협주곡이기도 하지. 클라리넷이라는 악기가 가지고 있는 가장 아름다운 선율을 보여주는 음악이 아닌가 싶어. 나는 사실 클라리넷으로 연주되는 곡 중에 이 곡보다 더 좋은 곡은 없다는 생각이 들어. 그만큼 모차르트는 클라리넷이라는 악기로 표현해 낼 수 있는 가장 아름다운 음악을 만들어 낸 천재였던 것 같아.

또한 이 음악은 1986년도 아카데미 작품상에 빛나는 〈아웃 오브 아프리카〉의 주제곡으로도 쓰였지. 당연히 이 음악을 들으면 그 영화가 생각이 나. 3시간에 가까운 긴 영화였지만, 영화를 보는 내내 한눈을 팔 시간도 없었던 기억이 나. 푸른 초원이 펼쳐져 있는 아프리카, 그곳에서 살아가는 사람들, 그리고 그들의 인생과 꿈, 그리고 사랑.

영화에서 주인공인 메릴 스트립(카렌)과 로버트 레드포드(데니스)의 절제된 연기는 압권이라고 할 수밖에 없을 거야. 그런데 카렌은 왜 자신이 꿈꾸었던 아프리카의 삶을 버리고 돌아갔던 것일까?

카렌은 사실 아프리카에서의 삶에 대한 동경으로 그곳으로 갔지만, 그 동경보다 더 커다란 마음의 상처를 입었던 것 같아. 남편에 대한 실망, 어떻게든 유지하려 했던 결혼생활에 대한 실패, 새로운 사랑인 데니스를 만났지만, 데니스 또한 결혼을 속박이라고 생각하고 자유를 찾아 결혼을 거부했지. 또한 자신 소유의 땅 한 평 가지지 못한 채 평생을 살아가는 아프리카 원주민의 삶을 보고, 아프리카 생활을 모두 청산하기로 결심하지. 그런 후 그녀는 자신 소유의 땅 모두를 원주민들에게 돌려주고 마지막으로 자신이 진정으로 사랑했던 데니스 얼굴이라도 보고 난 후 아프리카를 떠나려고 했어. 하지만 카렌을 보기 위해 경비행기를 타고 오던 데니스는 비행기 사고로 결국 사망하고 말지. 자신의 마음속 깊은 곳에 자리 잡은 데니스에게 마지막 인사도 하지 못한 채, 결국 그녀는 눈물을 흘리며 파란만장했던 아프리카를 떠나 자신이 태어났던 고향을 돌아가지.

아름답지만 슬픈 영화의 내용처럼, 모차르트의 클라리넷 음악 또한 아름다우면서도 어딘가 모를 잔잔한 우울함이 곳곳에 스며 있는 것 같아.

친구야,

오늘 밤에 계속 비가 오려나 봐. 이제 3월 말, 얼마 있으면 온

누리에 예쁜 꽃이 활짝 피겠지? 너와 나의 일상에도 좋은 일이 좀 더 많았으면 좋겠구나. 봄비가 내리는 이 밤, 모차르트의 클라리넷 협주곡을 들으며 하루를 마감하는 것도 멋진 일이겠지?

19. 황제

친구야,

새벽에 일찍 눈이 떠졌어. 일어나 책을 보기 전에 잠에서 깨기 위해 음악을 들었어. 불현듯 베토벤 피아노 협주곡 5번이 생각이 나서 들었어. 이 곡은 흔히 '황제'라는 별명을 갖고 있지. 그만큼 위대한 음악이라는 의미에서 붙여진 것일 거야.

특히 2악장을 들으면 아름다움이란 것이 무엇이지, 서정적인 것이 무엇인지, 예술이란 것이 무엇인지를 자연히 생각하게 돼. 음악을 듣다 보면 그 어떤 잡념도 사라지고 아무런 생각도 없이 그저 피아노의 선율에 집중하게 되는 것 같아. 다른 아무것도 필요 없고 다만 음악을 듣는 이 순간만이 중요하게 느껴져.

아름다운 음악을 들으면 왜 우리는 감동을 받는 것일까? 단지 음표로 구성되어 있는 조합일 뿐인데, 왜 그러한 것들이 우리들의 마음속으로 스며드는 것일까?

나는 예술이나 철학을 공부한 사람이 아니라 잘 모르겠어. 그러한 조합이 질서가 있을 것이고, 대위법이나 화성학을 따르는 것이고, 여러 가지 이유가 있기는 하겠지만, 그보다 그러한 음악이 나의 마음속으로 들어오는 것으로 만족하면 충분하지 않을까 싶어.

2악장이 8분 정도 연주되는 동안 잠시라도 천국에 있었던 듯한 느낌이 들었어. 평화롭고, 안식을 느낄 수 있었고, 어떤 욕심도 생각나지 않았고, 그저 사랑을 베풀고 싶다는 충동이 생기고, 모든 것을 다 포용할 수 있겠다는 자신감이 일어나고 그랬어.

우리의 삶이 이러한 아름다운 순간으로 이어진다면 얼마나 좋을까? 하지만 잠에서 깨어나 씻고 아침을 먹은 후 일하러 가게 되면 다시 삶이라는 전쟁을 치러내야 되겠지. 그러한 과정에서 다시 마음을 다치고, 다른 사람에게 상처를 주고, 기분이 좋았다가 나빠지고, 그러한 일들을 반복하다 집으로 돌아오면 지쳐서 쓰러져 잠이 들겠지.

그래도 그러한 하루가 주어진 것에 나는 감사해. 다시 새벽에 일어나 아름다운 음악을 듣고, 어쩔 수 없지만, 나의 어두웠던 마음에 다시 불을 밝혀야겠지. 그렇게 시간이 흘러 삶에 대해서 인생에 대해서 어느 정도 알게 되면, 이제는 더 이상 크고 작은 것에 연연하지 않고, 나의 마음이 그 어떤 일에도 크게 상처를 받지 않게 되고, 나도 다른 이들에게 상처를 주지 않고, 기분이 좋았다가 나빠지는 그러한 순환의 폭도 줄어들겠지. 그러다 더 세월이 흐르면 잔잔한 호수처럼 나의 마음도 그렇게 되는 순간이 올 것이라고 믿고 싶어.

어떤 일이 나에게 일어나도 전혀 동요 없이 살아갈 수 있는 그런 날이 언젠가는 나에게도 찾아오기를 바랄 뿐이야. 그런 날이

올 수 있도록 보다 나은 나를 만들기 위해 오늘 하루도 노력하려
고 해. 그런 마음을 갖게 된다면 황제도 부럽지 않을 것 같아.

 이제 베토벤도 듣고 너에게 편지도 썼으니 또 새로운 시작을 해
야겠다. 오늘은 나에게 주어지는 다시는 돌아오지 않는 하루니까
베토벤의 음악처럼 조금이라도 아름다운 날로 만들어가야겠지.

20. 화장

친구야,

　오늘 불현듯 김훈의 〈화장〉을 다시 읽고 싶다는 생각이 들어 책장에 꽂혀있던 것을 꺼내 읽었어. 예전에 읽었지만, 오늘 왜 이 책이 다시 읽고 싶은 생각이 들었는지 나도 잘 몰라. 봄이 와 생명이 온 세상에 만발한 데 하필 죽음에 관한 이 책이 손에 잡히는 이유는 무엇일까?

　소설은 중년 남자인 주인공이 갑자기 뇌종양에 걸린 아내를 돌보다가 결국 사망하여 화장으로 장례를 마치는 과정까지의 이야기야.

　"아내는 두통 발작이 도지면 머리카락을 쥐어뜯고 시퍼런 위액까지 토해냈다. 검불처럼 늘어져 있던 아내는 아직도 저런 힘이 남아 있을까 싶게 뼈만 남은 육식으로 몸부림을 치다가 실신했다. 실신하면 바로 똥을 쌌다. 항문 괄약근이 열려서, 아내의 똥은 오랫동안 비실비실 흘러나왔다. 마스크를 쓴 간병인이 기저귀로 아내의 사타구니를 막았다. 아내의 똥은 멀건 액즙이었다. 김 조각과 미음 속의 낟알과 달걀 흰자위까지도 소화되지 않은 채로 쏟아져나왔다. 삭다 만 배설물의 악취는 찌를 듯이 날카로웠다.

그 악취 속에서 아내가 내일 넘겨야 하는 다섯 종류의 약들의 냄새가 섞여서 겉돌았다. 주로 액즙에 불과했던 그 배설물은 흘러 나오자마자 바로 기저귀에 스몄고, 양이래 봐야 한 공기도 못 되었지만 똥 냄새와 약 냄새가 섞이지 않고 제가끔 날뛰었다."

예전에는 죽음이 나와는 멀리 있었다고 생각을 했었어. 하지만 갈수록 이제 죽음은 나의 주변에 항상 존재하고 있다는 생각이 들어. 죽음을 가까이 느낄수록 삶의 소중함이 마음속 깊이 다가오는 것 같아. 죽음의 모습을 보면 우리 인간은 정말 별것이 아니라는 것을 새삼스럽게 느끼게 돼. 죽음의 앞에서는 우리의 치부를 가릴 수도 없고, 자존감이나 존엄도 한낱 아침이슬처럼 그냥 다 사라져 버리는 것 같아. 모든 것을 그렇게 허무하게 보여주어야 한다는 것이 아직은 조금 무섭기도 해.

"당신께 달려가서 사랑한다고 말하고 싶었습니다. 사랑한다고, 시급히 자백하지 않으면 아내와 저와 그리고 이 병원과 울트라마린블루의 화장품과 이미지들이 모두 일시에 증발해 버리고 말 것 같은 조바심으로 저는 발을 구르고 싶었습니다. 그리고 당신께서 저의 조바심을 아신다면, 여자인 당신의 가슴은 저를 안아 주실 것만 같았습니다. 당신의 이름은 추은주. 제가 당신의 이름으로 당신을 부를 때, 당신은 당신의 이름으로 불린 그 사람인지요. 당신에게 들리지 않는 당신의 이름이, 추은주, 당신의 이름인지요."

시한부 인생의 아내를 간호하는 주인공에게 어떻게 젊은 회사

여직원인 추은주가 그의 마음에 들어왔던 것일까? 삶과 죽음이 그 어떤 상황에서도 공존하는 것일까? 인간이 아무리 이성적인 존재라 하더라도 본능을 이길 수는 없는 것일까? 아니면 그러한 본능에 따라가는 것이 솔직한 인간성을 가진 것이라고 할 수 있는 것일까?

"소각 완료라는 글자가 소각로 문짝에 켜져 있었다. 유리창 너머에서 화장장 직원이 다시 거수경례를 해 보였다. 직원은 버튼을 눌러 소각로 입구를 열었다. 바람에 불려 가다가 멎은 듯한 뼛조각 몇 점과 재들이 소각로 바닥에 흩어져 있었다. 대퇴부인지 두개골인지 알 수 없이 흩뿌려진 조각들이었다. 희고, 가벼워 보였다. 아내의 뇌수 속에서 반짝이던 종양의 불빛은 보이지 않았다. 유리창 너머로 소각로 속은 아직도 뜨거워 보였다. 빗자루를 든 직원이 소각로 안으로 들어갔다. 그는 땀방울이 유골에 떨어지지 않도록 이마에 수건을 동이고 있었다. 직원이 빗자루로 뼛가루를 쓸어서 쓰레받기에 담아서 유골함에 넣었다. 직원은 가루부터 먼저 담고 큰 뼛조각들은 유골함의 위쪽에 담았다. 유골함 뚜껑을 닫고 나서 직원은 다시 거수경례를 보냈다. 직원은 유골함을 흰 보자기에 쌌다. 유리창 아래쪽 작은 구멍을 열고 직원은 유골함을 내밀었다. 나는 유골함을 받았다. 딸이 울었다."

화장이 끝나고 나면 우리가 남기는 것은 몇 줌 안 되는 회색빛 재밖에 남지 않겠지. 우리는 무엇을 위해 평생토록 그렇게 치열하게 살아가고 있는 것일까? 그토록 발버둥 치며 오늘을 애쓰는 이유의 최종적인 목적지는 어디인 것일까?

삶이 경이로울 수 있는 것은 죽음이 있기 때문이 아닐까 싶어. 죽음이란 마지막 순간이 멀리 있는 것이 아니라 항상 우리 주위에 존재하고 있다는 것을 요즘 너무나 느끼고 있어. 그래서 요즘엔 오늘이라는 현재가 더욱 애착이 가는 것 같아. 얼마가 남아 있을지 모른다는 사실, 그 시간을 정말 소중히 여겨야 한다는 현실, 이제 꽃이 사방에 피는 계절에 죽음을 생각하기는 싫지만, 그것을 받아들이고 오늘 피는 아름다운 꽃을 다른 눈으로 보고 싶다는 생각이 들어.

21. 천사는 여기 머문다

친구야,

어느새 아파트 주위에 꽃들이 피기 시작했어. 어제 보니까 하얀 모란이 활짝 피어 있더라구. 노란 개나리도 소식을 알린 지 오래고, 다음 주에는 벚꽃이 만개할 것 같아. 예전에 여의도 윤중로에 너하고 같이 가서 벚꽃 구경하던 생각이 갑자기 났어. 너도 어디에선가 이 봄에 피어나는 예쁜 꽃들을 보고 있겠지?

아침에 일찍 눈이 떠져서 전경린의 〈천사는 여기 머문다〉를 읽었어. 요즘엔 문득문득 예전에 읽었던 책이 다시 읽고 싶어지고 그래.

이 소설에서 이야기하고 있는 천사란 무엇일까? 천사는 구체적인 어떤 존재를 말하고 있는 것일까? 천사라면 나와 너무나 밀접한 관계를 가지고 있었던 것을 의미할 텐데 떠났다고 생각했던 그 천사는 나의 현재 삶에 아직도 어떤 영향을 주고 있는 것일까?

"모경이었다. 어디서 나타났는지 모경이 곁으로 바싹 다가섰다. 예전처럼 그의 두 눈이 번쩍거렸다. 너무 놀라 발목이 삐끗 꺾이며 몸이 허청 젖혀졌다. 모경은 재빠르게 내 팔을 잡았다. 이상한 일이었다. 두 달쯤 전엔 내가 모경의 뒤를 따랐었다. 그때 나는 다가갈까 말까 하는 망설임조차 없었다. 다만 그가 지나가는 것을, 아주 지나가는 것을 보고 싶었을 뿐이었다."

천사는 언제라도 올 수 있지만, 또 언제라도 떠날 수 있는 것이 아닐까 싶어. 인연이 되어 왔고, 인연이 다 했다면 떠나가는 것이 아닐까? 그런데 소설 속 주인공의 천사는 왜 떠나지 못하고 아직도 그 곁에 머무르고 있는 것일까?

"모경은 내가 물건을 내던질 정도까지 화를 내면 사흘쯤 집에 나타나지 않았다. 식탁 의자를 들어올려 내 스스로 액자의 유리들과 거울과 집 안의 창문들을 모두 깬 날, 그 많은 유리 조각을 모두 치운 뒤에 -나는 그 유리를 모경에게 손도 대지 못하게 했다. 그 유리 조각은 남김없이 내 것이었다. 분명 일생에 단 한 번뿐일 내 사랑의 피투성이 잔해들이었다. 이상하게도 그 많은 유리 조각들은 마치 내가 삼키기라도 한 것처럼 뱃속에서 쨍그렁쨍그렁 소리를 내며 서로를 찔러댔다-언니에게 전화를 걸었다. 그리고 일주일 만에 오빠의 집을 떠났다."

천사가 머물고 있는 것은 혹시 주인공이 내가 아직도 그 천사를 떠나보내지 못하고 붙잡고 있어서 그런 것이 아닐까? 인연이 다 되었으니 떠나라고 등을 밀었건만, 왜 아직도 떠나보낸 그 존재는 끝없이 주인공의 주위를 배회하고 있는 것일까?

"팔을 천천히 벌리고 손안의 것을 확인이라도 하듯 손가락들을 펴보았다. 손안엔 아무것도 없는데 빛의 방울들은 점점 많아지며 양쪽 손을 둘러싸고 반짝거렸다. 나는 팔을 활짝 벌린 채 빛의 출처를 찾아 두리번거렸다. 밖엔 폭우가 쏟아지고 빛이 들어올 데라곤 어디에도 없었다. 다만 나의 정면에 있는 장식장 위에 모경이 준 반지가 놓여 있었다. 빛 방울들은 반지로부터 스스로 발광하듯 와글와글 흘러나오고 있었다. 내 몸을 뚫고 방 안 가득 보이지 않는 광파가 흐르는 것이 느껴졌다. 나는 어둠을 더듬어 침대로 가서 누워 이불을 턱까지 끌어올렸다. 내 손에서 떠난 빛 방울들은 벽과 천장으로 가서 희미하게 어리더니 하나, 둘 꺼져 갔다. 귓속에 빗물이 가득 차는 듯했다."

어떠한 존재건 그 흔적을 남기는 것이 아닐까 싶어. 시간이 지나면 그 흔적도 서서히 사라지겠지만, 그렇지 않은 경우도 있는 것 같아. 밉건 곱건, 마음속에 자리했었던 그 존재, 언젠가 떠날 것으로 생각했건만, 그 존재가 천사였을지도 모르지.

모든 존재는 천사가 아닐까 하는 생각이 들어. 막상 나하고 함께 있을 때는 그러한 사실을 인식하지도 못한 채 천사를 나 스스로 떠나보내게 만들고 있는지도 몰라. 내가 모르는 그 존재의 이면을 볼 수 없기에 우리는 그렇게 천사를 떠나보내고, 시간이 흘러도, 이미 사라지고 없는데도 불구하고, 나 스스로 천사가 아직도 여기 있다는 무의식에 갇혀 오늘을 살아가고 있는지도 모르지.

22. 벚꽃을 보며

친구야,

벚꽃이 활짝 피었어. 이번 주가 가장 절정을 이루고 있는 것 같아. 봄의 한복판에 들어와 있는 듯한 느낌이야. 아름답고 화려한 꽃이 피기 위해서는 그동안에 수많은 일들이 있었겠지? 뿌리에서, 줄기에서, 그리고 이파리에서 그 많은 애를 썼기 때문에 예쁜 꽃들이 피어나는 것이겠지?

아름답고 고운 꽃을 위해 나무들도 그런 노력을 하고 있는데 나는 나 자신을 위해 무엇을 하고 있는 것일까? 나는 나 자신을 얼마나 사랑하고 있는 것일까? 혹시 다른 것들을 위해, 나를 잊고 살아가고 있는 것은 아닐까? 나 스스로 나에 대해서는 별로 관심도 없고, 그냥 되는 대로 살아가고 있는 것은 아닐까?

나에게 있어 가장 소중한 존재가 분명히 나일 텐데, 그동안 나는 나 자신을 스스로 외면하면서 살아왔던 것 같아. 나 자신을 그리 소중하게 생각하지 않고, 정신없이 다른 것들을 위해 나를 잊어버리면서 살아왔다는 생각이 들어.

보다 나은 내일을 위해 나 자신 내면의 성장에는 관심도 없이, 그저 의무적으로 해야만 하는 것에 빠진 채 나를 소중하게 생각하지 않았던 것 같아.

만약 내가 나 자신을 조금 더 돌보았다면, 지금보다 더 나은 모습으로 되어 있을 텐데, 그러지 못했다는 생각이 들어서 마음이 많이 속상한 것은 사실이야.

하지만 시간은 이미 지나갔고, 지금 와서 돌이킬 수가 없으니 내가 할 수 있는 것은 아무것도 없겠지. 그래서 그런지 요즘 들어 더욱 가슴이 아파. 다시는 돌아오지 않는 시간들을 찾을 수가 없으니 답답하기도 하고.

나를 좀 더 돌아보고, 나를 진정으로 사랑하고, 나를 무엇보다 우선 했어야 했는데 그러지 못한 것에 대해 후회를 많이 하고 있어. 후회해도 소용없다는 것을 알면서도, 잃어버린 시간을 어떻게 할 수 없는데도, 미련이 너무 많이 남는 것은 어쩔 수 없는 것 같아.

내 인생의 예쁜 꽃을 피웠어야 하는데, 그러지 못한 것 같고, 나름대로 열심히는 했지만, 제대로 하지 못해서 결국 벚꽃같이 예쁜 꽃을 보여주지 못하는 것 같아 안타까운 마음이 들어.

이제는 너무 시간이 많이 흘러간 것 같아. 아마 봄은 물론, 여름도 지나가 버렸겠지. 남아 있는 시간이 얼마가 될지도 모르는데, 이제는 그냥 다른 꽃들이 피는 것이나 보아야 하는 것일까?

그래도 모든 것을 긍정하는 마음으로 살아가야겠지? 살아 있는 것만으로도 감사하는 마음은 있으니까. 그래도 기회가 되면 늦더라도 예쁜 꽃을 피워보고 싶어. 그럴 수 있는 시간이 정말 있없으면 좋겠어.

이따가 밤에 잠시 나가서 벚꽃을 구경하려고 해. 야간에 보는 벚꽃은 또 다른 예쁜 모습을 보여주니까. 너도 기회가 되면 이번 주에 화려한 벚꽃을 마음껏 즐기려무나.

23. 이젠 뭐 하고 살지?

친구야,

어젯밤에는 영화 '올드 보이'를 봤어. 가끔씩 예전에 봤던 영화를 다시 보곤 해. 처음에 봤을 때하고는 다른 느낌으로 다가오기도 하고, 내가 놓쳤던 영화 속의 내용도 다시 이해할 수가 있어서 좋은 것 같아.

사실 이 영화는 복수에 대한 거야. 주인공 오대수(최민수)는 알 수 없는 이유로 납치되어 15년간 갇혀 살게 되고, 그 잃어버린 세월에 대한 분노로 자신을 납치한 사람을 찾아 복수를 하려고 하지. 또 한 명의 주인공인 이우진(유지태)은 아무 생각 없이, 악의도 없이 한 오대수의 발언으로 자신의 소중한 사람이 죽음에 이르게 되어 그에 대한 분노로 복수를 하기 위해 자신의 모든 것을 바치게 돼.

하지만 오대수의 복수는 철저하게 처음부터 이우진의 계획으로 인한 것이었어. 오대수를 15년간 감금했던 이유는 오대수의 딸이 아기에서 성인으로 성장할 수 있는 시간을 위한 것이었어. 그가 감금에서 풀려나온 후, 자신의 딸인 미도(강혜정)를 만나게 하고, 오대수는 자기 딸을 알아보지도 못한 채, 그녀를 강간하게 돼. 나중에 미도가 딸이라는 사실을 알게 된 오대수는 절규할 수밖에 없었고, 이 모든 것이 바로 철저히 처음부터 계획된 이우진의 복수극이었던 거야. 자신에게 상처를 준 것만큼, 아니 그 이상의 상처를 주기 위해 이우진은 이러한 복수가 성공할 수 있도록 자신의 모든 것을 바쳤던 거야.

결국 이우진이 계획했던 모든 것이 다 이루어져 그의 복수는 완벽하게 성공하게 돼. 영화의 막바지에 오대수는 자신의 복수뿐만 아니라 모든 것을 포기하고 이우진에게 지옥 같은 자기 삶을 끝내게 해달라고 스스로 가위를 가지고 자신의 혀를 자르게 되지. 아무 생각 없이 실수로 한 자신의 발언을 제발 용서해 달라고, 앞으로 자신은 어떤 말도 하지 않겠다고, 아니 아예 말하지 않는 벙어리같은 인생을 살기 위해 혀를 없앨 테니, 이 지옥 같은 복수극을 제발 끝내달라고 하지.

영화의 클라이맥스는 바로 이우진이 자신의 모든 복수가 본인이 원하는 대로 다 이루어진 후가 아닐까 싶어. 이우진은 자신의 목표가 완벽하게 실현이 되어 그가 의도했던 복수의 모든 것을 끝내고 난 후 이런 말을 해.

"이젠 뭐 하고 살지?"

이우진이 그동안 살아왔던 삶의 이유와 목표는 단 한 가지, 오대수를 복수하기 위한 것이었어. 그는 자신의 복수가 완성된 후 이 말을 하고 나서 자살을 해서 스스로 목숨을 끊어.

이 영화가 기억에 남았던 것은 바로 이러한 삶의 아이러니가 아닌가 싶어. 이우진은 자신이 가장 미워하는 사람의 복수를 위해 그가 가지고 있던 모든 것을 철저히 바쳤던 거야. 그는 자신의 삶 자체의 목표와 의미가 본인이 가장 싫어하는 사람을 위한 복수였어. 본인이 가장 분노하게 한 사람을 위해 자신의 하나밖에 없는 소중한 삶을 다 써버렸고, 그 목표를 이루고 나니 이제는 더 이상 살아가야 할 이유와 의미를 찾지 못해 이 세상을 떠나고 말았던 거야.

우리는 살아가다 보면 많은 사람을 만나고 경험할 수밖에는 없어. 누군가를 좋아하기도 하지만, 누군가를 미워하게 되기도 하지. 그 누군가가 싫어진다면 그가 몰락하기를 바라기도 하고. 하지만 그러한 미움에 사로잡혀 살아가게 된다면, 그는 자신이 가장 싫어하는 존재에 집착하는 노예적 삶을 살아가고 있는 것이 아닐까 싶어. 사실 이우진은 오대수에게 사로잡혀 철저히 그의 몰락을 위해 자신의 소중한 삶을 그렇게 끝내버리고 말았던 거야.

만약 이우진이 오대수를 도저히 용서를 하지 못한다면, 그냥 그를 잊고 살았다면 이우진의 삶은 어땠을까? 이우진은 자신의 복수를 성공했지만, 그는 오대수에 대한 집착으로 자기 삶을 잃어버린 것은 아닐까? 우리의 인생이 복수로만 끝난다면 정말 의미가 있는 것일까?

누구나 자신이 싫어하고 미워하는 사람은 아마 있을 거야. 그를 용서할 용기가 없다면, 그냥 그를 잊고 나만의 삶을 살아가는 것은 어려운 일인 것일까?

우리는 지금 무엇을 위해 살아가고 있는 것일까? 우리의 그 무엇은 정말 나의 삶에 있어서 어떤 의미를 가지고 있는 것일까? 평생을 그것을 목표로 하고 살았는데, 그 오랜 시간 그것을 이루기 위해 치열했고, 결국은 이루었지만, 다 이루고 났더니, 이우진처럼 "이제 뭐 하고 살지?"라고 말하게 되는 것은 아닐까?

내가 생각하고 살아가는 그 삶의 목표가 진정으로 성취할 만한 목표인 것일까? 혹시 다 이루었다고 하더라도 너무나 허탈하고 허무한 것은 아닐까?

영화 올드 보이에 보면 이런 말이 나와.

"웃어라, 온 세상이 너와 함께 웃을 것이다. 울어라, 너 혼자 울게 될 것이다."

나의 인생은 웃을만한 인생인 걸까? 아니면 울게 되는 인생일까?

24. 바람의 노래

친구야,

봄밤이 깊어가고 있어. 이제 자야 할 시간인데 아직 잠은 오지를 않네. 조용히 노래 하나를 듣고 있어. 〈바람의 노래〉라는 곡이야.

바람이 부는 소리는 들을 수 있어도 바람이 노래하는 것은 아마 들을 수가 없을 거야. 그것을 알면서도 무슨 의미로 이 곡을 만들었을까?

세월은 흘러도 내가 알 수 있는 것은 그리 많지 않을 거야. 이해할 수 없는 것도 많고 나에게 결코 일어나지 않는 일들도 있을 거야. 바람의 노래를 아마 내가 죽는 날까지 기다린다고 해도 나는 듣지 못하겠지.

그러한 불가능한 것일지라도 마음속으로 꿈꾸고 바라는 것이 우리의 인생이 아닐까 싶어. 이루어지지는 않지만, 마음속에 진정으로 바라는 것, 닿을 수는 없지만 다가가고 싶은 곳, 돌이킬 수 없지만, 진심으로 돌이키고 싶은 것, 그러한 것들이 우리에게는 적어도 하나씩은 있을 거야.

바람이 나를 스쳐 지나가듯, 스쳐 지나간 나의 인연들, 불어오는 바람을 맞이하듯, 새로 만나게 되는 인연들, 그러한 만남과 헤어짐 속에서 우리는 인생을 조금씩 이해할 수 있는 거겠지.

나를 떠났던 사람들, 내가 떠난 사람들, 그동안 만났던 사람들, 앞으로 만나게 될 사람들, 어떠한 추억으로 어떠한 모습으로 남게 될지는 모르지만, 바람처럼 자유롭게 모든 인연과 만남이면 좋겠다는 생각이 들어.

꽃은 피고 또 지고, 단풍이 들고 나뭇잎은 떨어지고, 어느 날 조용히 빗소리를 듣게 되고, 하얀 눈이 내리고, 그렇게 세월이 흘러가면서 우리는 삶이라는 것을 조금씩은 알게 되겠지.

많은 것들이 우리의 삶에 다가오고, 그것을 원하건 원하지 않건 우리는 그것들을 비켜 갈 수 없고, 그로 인해 나의 마음과 영혼에 기쁨과 행복, 아픔과 슬픔도 남아있게 되겠지.

어떤 것들이 다가온다고 하더라도 두려워하거나 피하고 싶은 생각은 없어. 모든 것과 부딪치고 경험하며 느끼고 생각하며 할 수 있는 모든 것을 해야겠다는 생각이 들어.

실패도 있고 좌절과 절망도 당연히 있을 수밖에 없겠지. 하지만 그러한 가운데 좋은 날도 있고, 살아있음을 느낄 수 있는 날도 있을 거야. 경험하지 않는 이상 어떤 것도 느낄 수 없을 테니까.

바람이 불어오면 불어오는 대로 온몸으로 다 맞을 생각이야. 따스한 봄바람이건, 비가 몰아치는 폭풍우건, 잎이 떨어지는 가을 바람이건, 함박눈 펑펑 쏟아지는 겨울 바람이건, 이제는 그 어떤 바람도 두려움 없이 모두 다 맞을 생각이야.

행복만을 바라거나, 좋은 일만 희망한다는 것은 결코 일어날 수 없는 헛된 꿈이라는 것을 알기에 그 모든 것을 받아들이고 맞닥뜨리려고 해.

바람을 피할래야 피할 수 없듯이, 온몸으로 전부 그 바람을 맞는 것이 낫다는 생각이 들어. 그렇게 바람을 경험하다 보면 언젠가는 나도 지금보다 조금 더 많은 것을 알 수 있게 되겠지.

그런 날이 지나면 바람의 소리가 바람의 노래로 들리게 되는 것일까? 아마 그것이 가능하다면 나는 진정 자유로운 영혼으로 삶을 살아가게 될지도 모르겠다는 생각이 들어.

이제 슬슬 자야겠다. 이 바람의 노래라는 곡을 듣다가 잠이 들면 꿈속에서 바람의 노래가 정말 들릴지도 모르겠어.

〈바람의 노래 〉

살면서 듣게 될까
언젠가는 바람의 노래를

세월 가면 그때는 알게 될까
꽃이 지는 이유를

나를 떠난 사람들과 만나게될 또 다른 사람들
스쳐가는 인연과 그리움은 어느 곳으로 가는가

나의 작은 지혜로는 알 수가 없네
내가 아는 건 살아가는 방법뿐이야

보다 많은 실패와 고뇌의 시간이
비켜갈 수 없다는걸
우린 깨달았네

이제 그 해답이 사랑이라면
나는 이 세상 모든 것들을 사랑하겠네

나를 떠난 사람들과 만나게 될 또 다른 사람들
스쳐가는 인연과 그리움은 어느 곳으로 가는가

나의 작은 지혜로는 알 수가 없네
내가 아는 건 살아가는 방법뿐이야

보다 많은 실패와 고뇌의 시간이
비켜갈 수 없다는 걸
우린 깨달았네

이제 그 해답이 사랑이라면
나는 이 세상 모든 것들을 사랑하겠네

보다 많은 실패와 고뇌의 시간이
비켜갈 수 없다는 걸
우린 깨달았네

이제 그 해답이 사랑이라면
나는 이 세상 모든 것들을 사랑하겠네
이 세상 모든 것들을 사랑하겠네

25. 꽃잎은 떨어지고

친구야,

온 천지가 예쁜 꽃으로 뒤덮인 지 얼마 되지 않은 것 같은데 벌써 꽃들이 지고 있어. 벚꽃이 절정을 이루었을 때는 정말 아름답고 멋있었어. 한없이 그 우아함을 자랑하더니 한 잎 두 잎 떨어지기 시작하고, 이제 남아있는 것이 얼마 되지 않은 것 같아.

꽃잎이 비처럼 날리는 것을 보고 사람들은 꽃비라고 하더라. 어제 오후 흩날리는 꽃잎을 보며 시를 하나 써 봤어.

〈꽃잎은 떨어지고〉

꽃잎 떨어져 바람에 날리듯
언제 어디로 갈지 알 수 없고

영롱한 이슬 햇볕에 사라지듯
남아있는 시간 보장도 없으리

오늘을 살아냄이 충분치 못하나

살아있음으로 바랄 것이 없고

이루지 못한 것 회한도 많으나
할 수 있었던 것이 있음으로 만족하고

나의 부족함으로 부끄러움도 많으나
아름다운 추억으로 간직하면 충분하리

여기에 있었음으로
많은 것을 느꼈음으로
충분히 경험했음으로

꽃잎처럼 떨어져도 아쉬움은 없으리

　아름다움은 영원하지 않은 것 같아. 그렇게 예쁘던 꽃잎들은 저렇게 바람에 날려 어디로 가는 것일까? 꽃잎의 운명은 그렇게 끝나고 마는 것일까?
　아침에 일어나면 나뭇잎이나 꽃 위에 있는 이슬을 보곤 해. 출근하기 전에 조금의 여유라도 찾기 위한 나만의 시간이야. 하지만 햇빛이 나오기만 하면 맑고 투명했던 그 영롱한 이슬도 어디론가 쉽게 사라져 버려.
　우리는 어떻게 지금 이 자리에 있는 것일까? 억겁의 시간 속에서 무한한 인연 속에서 잠시 현재라는 시간과 극히 작은 공간을 빌린 채 꽃잎처럼 이슬처럼 그렇게 존재하고 있는 것일까?

내가 꽃잎이 되어서 생각해봤어. 사람들이 모두 나를 쳐다보고 예쁘다고 하면서 즐겁게 사진을 찍고 행복해하는 모습을 보면서 그들에게 조금 더 많은 기쁨을 주고 싶지 않았을까 하는 생각이 들었어. 하지만 꽃잎도 그만의 운명이 있겠지. 며칠이라는 시공간을 빌린 채 그렇게 존재하고 마는 거겠지.

하지만 꽃잎은 꽃잎으로 살아냈기에 부족함은 없을 거야. 아름다움을 한껏 뽐낼 수 있었고, 많은 사람에게 즐거움을 주었으니, 그것으로 만족할 수 있었을 것 같아. 영원한 것은 하나도 없으니 나름대로 의미 있는 시간을 보내지 않았을까 싶어.

꽃잎이나 이슬도 미련은 있었겠지. 좀 더 많은 시간을 존재하고 싶은 욕망도 있었겠지. 하지만 주어진 것이 그것이기에 어쩔 수 없었겠지.

떨어지는 꽃잎에게 내가 말했어. 고맙다고, 있어 줘서 정말 고맙다고. 이렇게 즐겁고 행복한 순간을 마련해 주어서 고맙다고. 그러니 후회하지 말고 가라고. 너의 모습 기억해 주는 사람이 여기 있었다고. 존재했던 것만으로도 충분한데 너의 아름다움도 느꼈고, 많은 사람에게 무언가도 했으니 그것으로도 충분하다고 그렇게 말해 주었어.

꽃잎이 내 말을 알아듣기는 했을까? 알아듣지는 못해도 내 마음이 전달이라도 되었다면 좋겠어. 그리고 꽃잎에게 작별 인사를

했어. 모든 것은 그렇게 시작과 끝이 있으니 언젠가 다시 만나지
는 못할지라도 멋지게 헤어지자고.

26. 반딧불을 쫓아

반딧불을 쫓았습니다
이리로 저리로

반딧불을 따라다녔습니다
이리로 저리로

반딧불을 잡고 싶었습니다
너무나 예뻐 보였기에

드디어 반딧불을 잡았습니다
손안에서 반짝반짝합니다

손안에 있는 반딧불이 너무 예뻤습니다
오래도록 바라보았습니다

갑자기 손안에 있는 반딧불이
불쌍해 보였습니다

손을 펼쳐 반딧불을 놓아주었습니다
내 손에서 살 수가 없기에

그게 전부였습니다

　친구야,
　봄비가 내리고 있어. 어젯밤부터 내리는 비는 새벽에 일어나 보니 아직도 내리고 있네. 창문을 열고 새벽 공기를 방안으로 들이니 너무 상큼하고 좋은 것 같아.
　공기가 신선하니 갑자기 예전에 반딧불 잡던 기억이 나. 너도 알다시피 반딧불은 아주 공기가 깨끗한 곳이 아니면 살지를 않지.
　어스름하게 어둑해지기 시작하면 반딧불이 날아다니기 시작했는데. 수백 마리가 날아다니는 그 모습이 너무나 예뻐서 한참이나 바라보다가 넋을 잃기도 했던 것 같아.
　그렇게 반딧불을 바라보다가 마음이 동해 반딧불을 잡으러 마냥 쫓아다녔지. 반딧불은 내가 잡아본 곤충 중에 가장 잡기 쉬웠던 것 같아. 그냥 따라다니다 두 손으로 반딧불을 폭 감싸고 바로 내 양손 안으로 들어오니까.
　그렇게 잡힌 손안의 반딧불은 내 손에서 탈출할 생각도 하지 않고 너무도 편하게 반짝반짝거렸지. 다른 곤충들은 잡히면 어떻게든 도망가려고 노력하는 데 반딧불은 전혀 그러지 않더라.

손안에서 반짝이는 반딧불을 보면 너무나 황홀했어. 그것을 바라보노라 시간 가는 줄도 모르고 완전히 몰입을 했었지. 하지만 반딧불을 내가 키울 자신은 없었어. 너무나 연약해 보여서 집안으로 가지고 가면 바로 죽을 것 같았지. 결국 하는 수 없이 한참 바라보던 반딧불을 놓아줄 수밖에 없었어.

그렇게 열심히 따라다니며 잡았는데, 내 손안에 있었던 시간은 불과 얼마 되지 않았어. 하지만 그 몇 분이 나에게 더없는 행복과 기쁨을 선사했던 것 같아.

그동안 살아오면서 나는 무엇을 쫓아다녔던 것일까? 그것들이 나에게 어떤 의미가 있는 것이었을까? 그렇게 열심히 치열하게 뛰어다녀 얻기는 했지만, 어차피 내 손에서 언젠가는 떠나가야 하는 것들이 아니었을까?

그래도 가만히 생각해보면 그나마 나에게 잠시 기쁨과 행복은 있었다는 것으로 만족해야 하지 않을까 싶어. 세상에 영원한 것은 하나도 없으니까. 반딧불을 바라보고 황홀했던 것처럼, 나에게도 황홀한 인생의 순간들은 있었던 것 같아. 나는 이제 그것으로 만족할 수 있을 것 같아.

27. 학문의 즐거움

친구야,

어제는 한국 영화 〈이상한 나라의 수학자〉를 보았어. 개봉할 때 보고 싶었던 영화였는데, 극장을 갈 시간도 없었고, 아직까지는 극장에서 팝콘이나 음료수를 먹을 수가 없으니 별로 극장에 가고 싶지도 않더라구.

이상한 나라는 바로 북한이야. 북한에서 뛰어난 수학자로 이름을 날리던 이학성(최민식)이 남한으로 내려와 고등학교 경비 일을 하면서 일어나는 이야기야.

사실 내가 이 영화가 개봉되기 전에 관심이 있었던 것은 예전에 보았던 수학과 관련된 영화 〈뷰티플 마인드〉와 〈굿 윌 헌팅〉을 너무나 재미있게 보았기 때문이야. 뷰티플 마인드와 굿 윌 헌팅이 좋았던 것은 수학에 관련된 인간적인 모습들이 있었기 때문이 아닐까 싶어. 우리나라에서 수학을 주제로 해서 영화를 만드는 것이 그리 흔한 것은 아니라서 어떠한 내용으로 그 영화가 만들어졌나 궁금했어.

이학성은 어린 시절 세계 수학 올림피아드에서 금메달을 따낼 정도로 타고난 수학적 재능을 가지고 있었어. 하지만 그는 북한에서 자신의 수학적 능력이 오로지 무기를 만드는 데 이용되기만 하는 것에 회의를 느껴 결국 탈북을 하게 돼.

아는지 모르겠지만, 북한에서는 물리학이나 수학에서 두각을 나타내는 사람들은 북한 당국이 요구하는 일들을 잘 해내면 사실 영웅 대접을 받기도 해.

비록 허구이기는 하지만 이학성 정도 되는 학자라고 한다면 북한에서는 최고의 영웅 호칭을 받을 수 있고, 집이나 자동차 등 모든 경제적 문제가 해결되기 때문에 아무런 걱정 없이 살 수 있었을 거야.

그럼에도 불구하고 이학성은 왜 탈북을 해서 한국으로 내려온 것일까? 비록 영화라서 허구이긴 하지만 영화의 흐름을 보아서는 이학성은 학문 그 자체를 좋아했던 것이 아닐까 싶어. 그는 오로지 수학을 학문으로서 생각했던 것이고, 따라서 그는 자신의 재능을 순수한 학문을 하는 데 사용하고 싶었을 거야. 하지만 북한 당국은 그의 그러한 뛰어난 재능을 순수학문이 아닌 무기를 개발하고 만들어 내는 데 사용하게 하니 그는 그것이 싫었던 게 아닌가 싶어.

세계적으로 뛰어난 수학자들의 삶은 보면 이학성 같은 경우가 대부분일 거야. 수학적으로 극히 어려운 난제를 해결하고 나서 느낄 수 있는 성취감과 만족감, 새로운 것을 발견하고 나서 느낄 수 있는 희열, 다른 사람이 해결하지 못한 것을 풀어내고 나서 느끼는 우월감, 바로 이러한 것들이 순수학문을 하는 즐거움이 아닐까 싶어.

이학성은 이러한 것들을 알고 있었고, 자신의 인생을 1년 내내 신무기를 개발하는 데 사용하는 데 보다는 새로운 것을 발견하고 어려운 문제를 해결하는 기쁨을 누리면서 살고 싶었을 거야.

다만 문제는 아내를 데리고 올 수 없었고, 함께 온 아들은 엄마가 보고 싶어 혼자 다시 임진강을 건너 엄마에게 가려다가 한국 군인의 총에 맞아 사망하게 되고 돼. 이러한 일들로 인해 이학성은 자신을 은폐하면서, 자신의 선택에 대해 후회를 하면서 한국에서 살고 있었어. 그러다 자신이 근무하던 고등학교에 다니는 한 남학생과 인연이 되어 함께 수학의 즐거움을 다시 느끼면서 예전의 아픔을 조금씩 회복하는 과정을 겪게 되지.

하지만 이학성이 한국에 살면서 느낀 것은 수학이라는 것이 오로지 대학 입학과 자신의 출세를 위해 이용되고, 좋은 대학을 가기 위해 많은 입시 부정이 나타나는 것을 보고 실망을 하기도 해. 한국도 북한이나 마찬가지로 학문의 즐거움을 아는 사람은 드물다는 사실이지. 학문을 하는 이유를 진정으로 알고 있다면 이러한 일들은 일어나지 않을 텐데 현실은 결코 그렇지가 않은 것은 인정할 수밖에 없는 것 같아.

영화에서 이학성은 과거의 아픔에도 불구하고 자신을 이겨내면서 오랜 연구 끝에 결국 "리만 가설"을 증명하게 되지. 리만 가설을 수학에서 정말 오랫동안 해결되지 않은 난제 중의 난제야. 영화에서는 이학성이 이 난제를 증명한 것으로 나오지만, 사실 리만 가설은 아직까지도 해결되지는 않고 있어.

지난 백 년이 넘는 세월 동안 전 세계에서 내놓으라 하는 수많은 천재 수학자들이 이 난제를 증명하려고 노력하였지만, 아직 그 누구도 풀지 못한 문제야.

만약 이 리만 가설을 증명한다면 그는 세계적으로 가장 뛰어난 수학자의 반열에 오르는 것은 너무나 확실한 사실일 거야.

나는 나름대로 이 영화를 오랜만에 재미있게 봤어. 우리나라에서는 이제는 이런 영화를 만들 수 있구나 하는 생각도 들었어. 우리나라만이 생각할 수 있는 북한과의 특수성까지 고려해서 시나리오를 써서 새롭기도 했어. 하지만 조금 과장된 것도 없지는 않아 아쉬움도 있기는 해.

친구야,

너도 시간이 되면 이 영화를 한번 보렴. 나름대로 재미있으니까. 다음에 이런 영화가 또 나오면 좋을 것 같아. 아, 얼마 있으면 '명량' 후속편이 나온다고 하니 그 영화를 볼까 싶어. 그때 기회가 되면 같이 가서 보자꾸나. 오늘은 이만 줄일게.

28. 아카시아를 먹던 때

닿을 수 없다는 곳이
있다는 것은
아픔 그 자체인지도 모릅니다

바라는 것이 없다는 것이
살아있음을 느끼지
못하게 하는지도 모릅니다

존재는 그렇게
아픔으로 체념으로
채워져 가는가 봅니다

어쩌면 그러한 것들이
세상을 소중하고
아름답게 만들지는 모르나

깊어가는 이 밤에

내 안의 또 다른 나는
눈물을 흘리지
않을 수가 없었습니다

친구야,

4월이 어느새 지나가고 5월이 되었어. 5월이 되면 나는 그냥 아카시아 생각이 나. 매년 이맘때면 어릴 적 집 바로 뒤에 있던 산에 올라가 아카시아 냄새 흠뻑 마시며 손으로 아카시아를 따 먹던 일이 생각나곤 해. 아무것도 모른 채 '그저 모든 것이 좋고 행복했던 시절이 나에게도 있었구나'하는 생각이 들어. 우리는 지식이 늘어나고 좀 더 많은 것을 안다고 해서 더 많이 행복해지는 것 같지는 않아. 순수한 마음으로 많은 생각을 하지 않는 것이 오히려 더 마음을 편하게 만들어 주는 것 같기도 해.

예전에는 마음만 먹으며 어디든 가고, 무엇이든 할 수 있고, 노력하면 생각하고 있는 것이 모두 다 이루어질 수 있을 것이라고 생각했던 것 같아. 하지만 내가 닿을 수 없는 곳이 점점 더 많아지는 것 같다는 생각이 들어. 그러한 것들이 나에게 좌절감을 안겨주고 아픔을 주는 것은 부인할 수 없는 사실일 거야.

그래서 그런지 살아가면서 더 많은 것들을 바라게 되는 것 같지는 않아. 내가 바라는 것을 이루더라도 그것이 나의 인생에서 엄청난 것은 아니라는 것을 알기에 그러는 것인지도 모르지. 세월이 흐르면서 점점 내가 살아있음을 느끼는 순간들도 줄어드는 것 같아. 물론 예전에도 내가 있어야 할 곳에서 마음껏 자유롭게 나의 살아있음을 느껴본 적이 그리 많지도 않았던 것 같기도 하고.

어쩌면 점점 작아져 가는 나의 모습을 보면서 삶이 얼마나 소중하고 내 주위의 사람들이 얼마나 귀한 존재들인지 마음속 깊이 느껴지는 것은 분명 삶을 아름답게 바라볼 수 있다는 뜻일 거야.

하지만 한편으로는 작아지는 나의 모습에 마음이 아파지는 것도 사실이야. 5월이 되어 아카시아를 따 먹던 생각이 나는 오늘 같은 밤에도 나도 모르게 나의 내면 한쪽에서는 알 수 없는 눈물이 흐르고 있기도 해.

깊어가는 이 밤에 너에게 글을 쓰면서 바흐가 생각이 났어. 다른 것보다 오보에 소리가 그리워지는 이유는 무엇일까? 그냥 오늘 밤에 어울리기 때문에 그런 것일까? 핸드폰으로 듣기에는 아까워서 블루투스를 켰어. 오보에의 선율이 어려움 없이 나의 귀를 넘어 마음속으로 들어오고 있어. 이 음악이 그나마 나에게 힘이 되고 위로가 되어 주고 있어.

바흐가 나에게 오보에를 통해 말하는 것 같아. 많은 것을 생각하지 말라고. 아름다운 5월인데 향기로운 아카시아 냄새를 실컷 맡으라고. 시간이 되면 예전에 올랐던 산에 가서 어릴 적 아름다웠던 순간들을 추억해 보라고 그렇게 이야기하는 것 같아.

바흐의 권유를 받아들여 이번 주말에는 집 근처에 있는 산에라도 올라가서 아카시아를 따 먹지는 못하더라도 실컷 그 향기는

맡고 올 생각이야. 너도 같이 가면 얼마나 좋을까? 예전에 함께
산에서 뛰놀며 아카시아를 누가 더 많이 먹나 시합도 하고 그랬
었는데. 누군가와 함께 무언가를 할 수 있다는 것이 얼마나 축복
된 일인지 새삼 느껴.

　네가 많이 생각나는 5월의 이 밤 너에게 바흐의 오보에 협주곡
을 선물로 보내줄게.

29. 화담숲

친구야,

기적은 있는 것 같아. 지난 2년이 넘는 동안 아버지, 어머니의 병환이 깊었지만 그래도 회복이 잘 되어서 며칠 전 화담숲을 모시고 갔어. 5월 초라 화담숲은 온통 수많은 종류의 꽃들로 가득했어. 정말 너무나 꽃들이 예쁘고 아름답더라. 오랜만에 나들이를 하셔서 그러는지 부모님도 얼마나 신이 나셨는지 몰라. 마침 누나네도 여유가 돼서 같이 시간을 보냈어. 누나도 올해가 벌써 환갑이야. 어릴 적 누나와 함께 웃고 떠들고 하며 놀았던 것이 얼마 된 것 같지 않은데 세월은 정말 빠른 것 같아.

화담숲이 너무 넓어서 부모님이 처음부터 다 걷기에는 힘들 것 같아서 모노레일을 타고 제3정거장으로 갔어. 모노레일 위에서 바라보니 정말 경관이 빼어나고 멋있더라. 사실 나는 수목원이나 식물원은 그리 좋아하지 않았는데 요즘엔 예전과 달리 점점 좋아지고 있어.

누나네와 모노레일에서 재미있게 이야기하면서 경치를 마음껏 즐겼지. 제3정거장에 도착해서 부모님을 모시고 천천히 걸어 내려오면서 구경을 했어. 분재원에 있는 정성 들여 만들어진 멋진

분재를 시작으로 형형색색의 꽃들을 보니 시간 가는 줄도 모르겠더라. 꽃의 종류는 왜 그리 많은지 내가 아는 꽃 이름은 진짜 별로 없더라. 우리나라 꽃보다는 외국 꽃이 더 많아서 그런지 정말 생전 처음 보는 것들이 대부분이었어.

날씨도 너무 좋아서 푸른 하늘 아래 따스한 햇볕을 맞으며 정말 오랜만에 여유를 가지고 구경한 것 같아. 물레방아도 돌아가고, 시원한 작은 폭포도 있고, 누나가 준비해 온 간식도 먹으며 자연을 만끽할 수 있었어.

어머니는 워낙 꽃을 좋아하셔서 너무 만족해하셨고, 아버지는 카메라로 사진 찍을 것이 많아 즐거워하셨지. 두 분의 모습을 보며 새삼 감사한 마음이 들었어. 뇌경색으로 걷지도 못하셨던 아버지가 이렇게 회복이 되어 걸을 수가 있고, 두 분 모두 전립선암과 대장암으로 수술과 항암치료로 고생도 많이 하셨는데 이렇게 걸어다시면서도 즐거워하시는 모습에 사실 감개무량했어.

구경을 다 하고 나니 2시간 반이 지나가 버리더라. 더 구경하고 싶기는 했지만, 너무 무리하면 부모님이 피곤해하실 것 같기도 하고, 오후에는 나도 수업이 있어서 천천히 마무리하면서 부모님과의 봄 소풍을 마쳤어. 점심은 누나네가 한정식을 사주어서 다 함께 맛있게 먹었지.

부모님 건강하실 때 더 많은 곳을 모시고 다닐 생각이야. 연세도 많으시고 언제 또 어떤 일이 일어날지 모르니, 시간을 내서라도 좋은 곳 많이 구경시켜 드리려고 해.

가만 생각해보면 어릴 적 부모님이 우리 형제들을 데리고 다니면서 많은 구경을 시켜주셨던 기억이 나. 그때 부모님의 마음이 이해되고, 이제는 내가 부모님을 위해 그런 일을 해야 할 차례라는 생각이 들어.

세상에는 정말 아름답고 멋진 곳이 많은데 모두 구경시켜드릴 수는 없겠지만, 부모님이 좋아하실 곳부터 하나씩 모시고 다닐 생각이야.

30. 나는 오래 살 것이다

친구야,

우리는 얼마나 더 오래 살 수 있을까? 비록 우리의 나이가 그리 많은 편은 아니지만 삶은 어떻게 될지 아무도 모르는 것 같아. 초등학교 친구는 20살이 되기 전에 죽었고, 대학교 때 친구는 서른 살쯤 갑상선암으로 결혼하지도 못한 채 세상을 떠났고, 고등학교 때 내 앞에 앉아서 열심히 공부해서 사법고시를 일찍 합격하고 부장판사까지 한 친구는 40대에 세상을 떠났으니 죽음이 언제 어떻게 올지 알 수는 없을 것 같아.

오늘 일요일이라 시간이 조금 있어서 이승우의 〈나는 오래 살 것이다〉라는 소설을 읽었어. 작가는 왜 제목을 이렇게 지었을까? 소설을 읽어보기도 전에 주인공은 순탄한 삶을 살지 못했을 것이고 그로 인해 자신의 명대로 살지 못한 채 일찍 죽었을 것이라는 생각이 들었어.

"나는 1년밖에 살지 않을 것이다. 아닐지도 모르지만 아마 맞을 것이다. 하기야 6개월밖에 살지 못할 거라는 선고를 받은 사람이 5년 넘게 살아 있기도 하고, 오장육부가 모두 멀쩡하다는 진단을 받은 사람이 병원 문을 나서다가 자동차에 치여 목숨을 잃기도 한다. 병으로만 죽는 것이 아니고, 사고로만 죽는 것도 아니다. 병이 있다고 일찍 죽는 것도 아니고, 병이 없다고 오래 사는 것도 아니다. 확실한 것은 없고, 장담할 수 있는 은 더욱 없다. 세상은 확실한 것을 용납하지 않는다. 가능한 확실한 장담은 사람은 언젠가 죽는다는 것이다. 당장이든 열 달 후든 50년 후든. 그렇지만 내가 1년밖에 살지 않을 거라는 건 아마 사실일 것이다. 그만하면 충분하다. 아닐지도 모르지만 아마 맞을 것이다."

주인공은 왜 1년이면 충분하다고 했던 것일까? 그에게 어떤 일이 일어났길래 삶에 대해 미련이 없는 것일까? 어쩌면 삶에 대해 이렇게 연연하지 않는다는 것은 주인공인 그가 삶에 대한 애착도 없고 삶의 의미를 더 이상 크게 기대하지 않고 있다는 뜻일 거야.

"외환 위기와 구조 개혁 바람이 불면서 그의 회사는 채무 비율이 너무 높은 악성 기업이 되었다. 과감한 해외 투자는 재산 도피의 수단으로 매도되었다. 수습을 위해 계열사를 처분하고 인원을 줄이겠다는 방안을 내놓았지만, 힘에 부쳤다. 계열사 매각은 흐지부지 시간만 흘러갔고, 인원 감축은 노조의 격렬한 저항을 불러일으켰다. 그들은 그를 악덕 기업주로 간주했고, 회사를 파산으로 몰고 간 무능한 경영자로 내몰았다. 노조원들과 담판을 짓겠다고 들어간 농성장에서 그는 달걀 세례를 받았고 옷이 찢겼으며 무릎꿇림을 당했다. 세상에 태어나서 처음 당하는 수치이자 굴욕이었다. 수치와 굴욕은 거기서 끝나지 않았다. 그날, 정부와 채권단은 그의 경영권을 박탈하는 결정을 내렸다. 하루아침에 회사를 빼앗긴 그는 빈털터리가 되었다."

이 소설은 외환 위기 이후 바로 쓰인 소설이라 당시의 시대 상황을 적극적으로 반영한 것이지만, 이러한 현실은 언제나 우리의 주변에 일어나는 것 같아. 그 당시가 IMF 사태였다면 지금은 코로나 상황이겠지. 요즘도 코로나로 인해 전국적으로 망하는 사업체가 수도 없이 많을 거야.

주인공은 회사를 위해 평생 자신의 모든 것을 바쳐 일해 왔어. 하지만 운명은 그 모든 것을 한순간에 모두 날려버렸지. 희망이 전혀 보이지 않는 현실에서 그는 어떤 것을 할 수 있었을까?

"그는 자기의 인생이 그렇게 끝나리라고는 한 번도 생각해 보지 않았다. 불쑥불쑥 치솟는 울화를 이기지 못하고 밤에 깨어 일어나 괴로워하며 벽을 치고 술을 마시고 소리를 지르게 될 줄은 정말 몰랐다. 단속적으로 찾아오는 울화와 수치감, 그리고 자기의 인생이 끝났다는 깊은 절망감은 세상으로부터 자신을 고립시키는 칩거의 형태로 나타났다. 그는 자폐의 어둠 속에 스스로를 가뒀다."

아무리 살아가는 것이 힘들다고 해도 버티다 보면 좋은 날이 올 거라고 이야기하는 사람도 사실 많아. 하지만 냉정하게 말해 그러한 희망조차 없는 암울한 절망 속에 빠진 사람에게는 그러한 이야기는 전혀 의미 없는 단어들의 나열에 불과하다는 것을 가슴 깊이 알고 있을 거야.

소설에서의 주인공이 자신은 오래 살 것이라고 목청껏 소리 지르지만 자기 삶이 얼마 남아 있지 않다는 것을 너무나 잘 알기에 그러한 절규를 한 것이 아닐까 싶어.

삶의 무게를 버티려 해도 버틸 수 없었고, 나름대로 최선을 다해 그러한 어려움을 피하기 위해 모든 것을 바쳤지만, 폭풍우에 낙엽이 쓸려가듯 그의 남은 생은 너무 연약하고 아무런 힘도 발휘할 수 없다는 것을 알았을 거야.

안타깝지만 그것이 현실이고 한계이기에 운명은 결국 그의 삶에 종지부를 찍어 버리고 말아. 가슴 아프고 슬픈 현실은 그렇게 소중했던 이 세상의 그의 시간을 끝내버리고 말았어.

우리에게는 어느 정도의 시간이 남아 있는 것일까? 우리는 우리가 하고자 하는 것들, 목표로 하고 있는 것들, 정말 이루고자 하는 것들을 성취할 수 있을까? 우리들의 운명은 우리가 원하는 삶을 쉽게 허락할까? 아마 어느 정도는 가능할지 모르지만, 일부는 그렇지 못할 거야.

돌이켜 보면 그동안 나름대로 열심히 노력했지만, 내가 결코 바라지 않는 일들이 예전에 일어났고, 아마 앞으로도 이와 비슷하게 그러한 아픔의 일들이 또 일어날 것은 당연할 것 같아.

그래도 주인공처럼 오래 살겠다고 절규하지는 않을 생각이야. 나는 지금도 살 만큼 살았다는 생각도 들고, 삶이라는 것이 그리 특별하지도 않다는 것을 느껴. 그저 오늘 즐겁고 행복하게 사는 것이 이제는 나의 삶의 목표가 되어버렸으니, 주인공처럼 그렇게 눈물 흘려가며 절규하지는 않을 거야. 그러한 절규가 오히려 더욱 가슴 아프게 만들기만 하니까.

친구야,

너도 너무 많은 것을 기대하지 말고 그저 평범하게 조용히 삶을 즐기면서 살았으면 좋겠어. 너무 열심히 살지도 말고, 대충 사는 것도 어쩌면 더 현명한 선택이 아닐까 하는 생각이 들어.

31. 세상의 끝으로 간 사람

친구야,

이제 봄도 끝나가고 조만간 뜨거운 여름이 오겠지. 모든 것은 그렇게 왔다가 잠시 머무르고 언젠가 떠나가는 것일까? 그 언젠가를 우리가 안다면 오늘을 좀 더 의미 있게 살아갈 텐데 막상 현실에서는 그러지 못하는 것 같아.

한창훈의 단편소설 〈세상의 끝으로 간 사람〉을 읽었어. 평범하게 살아가는 어떤 한 직장인 남자가 자기에게 가장 소중했던 사람이 갑자기 세상을 떠나버린 이야기야.

주인공은 항상 자신의 옆에 있을 것이라고 믿었던 선영이가 어느 날 갑자기 우연한 교통사고로 사망했다는 소식을 들어. 평소처럼 일을 하다가 그 소식을 듣고 달려갔지만, 이미 그녀는 영안실에 누워 있었어.

"제발, 한 번만 그녀를 내 앞에다 데려다 줘. 세상에 이런 일이 있어? 단 한 시간만. 남은 내 삶을 모조리 퍼 가도 좋아. 단 한 번만 만나게 해 줘. 이렇게 모든 게 마무리될 수는 없어. 이런 식으로 끝이 날 수는 없는 거야. 말도 안 돼. 이건 누군가 꾸는 꿈이야. 내 이야기가 아니야."

오래도록 언제나 함께 할 수 있는 것을 전혀 의심도 하지 않았는데, 무언가를 해주고 싶은 것이 있어도 시간은 충분하니까 잠시 미루었다가 나중에 해주면 될 줄 알았는데, 내일을 위해 오늘 힘든 것을 함께 참고 살았는데, 허무하게 전혀 예상도 하지 못한 채 그녀는 그를 남겨두고 이 세상에서 영영 사라져 버리고 말았어.

"뜨거운 쇳물 같은 것이 양미간에서부터 시작해서 동그랗게 퍼지다가 발끝에서 싯, 빠져나갔다. 동시에 세포들이 소스라치게 일어났다. 살갗에는 수없이 많은 무덤들이 생겨났다. 무서워 눈을 질끈 감으면 이번에는 뜨고 싶어서 참을 수가 없었다. 눈을 감으면 그의 주변에 모여든 것들의 형체가 뚜렷이 보였고 눈을 뜨면 깊이를 알 수 없는 무언가로 가득 차 있는 듯한 어둠이 가로막았다. 그는 급기야 부르르 떨면서 불에 댄 벌레처럼 몸을 뒤틀었다. 세상이란 사람 혼자서 견디기에는 너무 넓고 크고 무서운 거였다."

허무함과 허탈함을 넘어 주인공은 삶에 대한 두려움이 생겨났고, 자신이 가장 사랑하는 존재 없이는 살아갈 엄두도 나지 않았어. 그가 살아가는 이유와 목적이 그녀에게 있었는데, 이제는 무슨 마음으로 살아가야 할지 그는 알 수가 없었어. 사랑하는 사람 없이 이 세상을 살아간다는 것이 너무나 견디기 힘들기에 그는 이 세상의 끝으로 자신도 모르게 가게 돼.

"가느다란 선 하나로 이 세상을 양분시켜 놓고 수평선과 오랜 시간 닳아져서 구멍이 층계처럼 만들어진 바위들. 잡목 숲을 떠받치고 있는 깎아지른 절벽. 군데군데 물웅덩이가 있고 멀리 산을 따라 전봇대가 줄지어 가고 있는 곳에서 그는 더 이상 갈 곳이 없었다. 더 이상 갈 곳이 없는 곳을 찾고 있는 중인지도 몰랐다. 바다는 넓었고 넓고 큰 것은 별 움직임 없이 그냥 그대로 있었다. 일을 마친 기분이었으나 도무지 하루 일과를 마쳤을 때 찾아오는 뿌듯한 피곤함은 생기지 않았다. 오후 내내 시간은 더디게 흘러갔고 그러다가 노을이 졌다. 바위에 부딪힌 파도가 하얗게 부서지며 후두두둑 떨어져 내렸다. 함박눈 같았다."

하지만 세상의 끝으로 간다고 해도 사랑했던 사람은 돌아올 수 없고, 지나간 일도 되돌릴 수는 없는 법, 이러한 상황에서 그는 무엇을 할 수 있는 것일까? 그래도 산 사람은 살아야 하는 것일까? 무엇을 위해, 무슨 의미로 그는 살아갈 수 있을까?

아마 그리움이라면 가능할까? 남은 시간을 사랑했던 사람을 생각하고 그리워하면서 그렇게 살아가면 되는 것일까?

언젠가는 모든 존재가 나에게서 떠난다는 것을 알고 있었다면 좋았을 것을. 떠나버리기 전에 후회 없이 사랑하는 사람을 위해 오늘을 살아갔을 텐데.

그는 세상의 끝에 가서 어떤 생각을 했던 것일까? 세상의 끝에 가보니 자신의 마음이 위로는 되었을까?

32. 운명은 제인 에어에게 왜 그리 가혹했을까?

친구야,

지난 주말엔 영화 〈제인 에어〉를 보았어. 제인은 태어나면서부터 가혹한 운명을 타고났는지도 몰라. 운명을 무엇이라고 정의해야 할까? 사람의 힘으로 할 수 없는 것, 우연과 필연의 만남, 사람의 힘으로 타개해 나가는 것, 인간을 지배하는 어떤 초인간적인 것, 정의를 어떻게 하건 우리는 운명이라는 단어와 함께 인생을 살아가야 하는 것만은 확실할 거야. 단지 그 운명이라는 것이 사람마다 다를 뿐이겠지.

누구는 그래도 순탄한 운명이 주어지는 반면, 어떤 이들에게는 결코 쉽지 않은 길을 가야 하는 운명이 주어지기도 할 거야. 감당하지 못할 만큼의 운명이라면 그 사람이 살아가는 삶의 과정은 어쩔 수 없이 힘들고 고될 수밖에 없겠지.

제인 에어의 경우가 태어나면서부터 나이가 들어서까지 힘든 운명의 연속이 아니었나 싶어. 고아였기에 부모의 사랑을 받아보지도 못했고, 어린 시절부터 다른 사람의 손에 의해 키워지면서 멸시와 학대를 받을 수밖에 없었어. 제인 에어를 맡았던 이모는 그녀를 더 이상 양육하기 싫어 가난한 아이들이 모여 사는 고아

원 비슷한 양육학교로 보내고 거기에서도 제인은 선생들의 학대를 피할 수 없었어.

그래도 자신의 운명을 조금이라도 개척하기 위해 노력한 결과 가정교사가 될 수 있었고 그곳에서 만난 로체스터를 사랑하게 되기도 하지. 하지만 그녀에게 있어 운명이라는 것은 잔혹해서 마음과 영혼의 순수했던 그녀의 사랑마저 이루어질 수 없게 되고 결국 모든 것을 잃은 듯한 텅 빈 영혼의 상태로 로체스터를 떠날 수밖에 없었어. 로체스터 역시 제인을 진심으로 사랑했지만, 그에게는 이미 오래전에 비밀리에 결혼한 아내가 있었고 그 사실을 제인에게 말하지도 못했어. 왜냐하면 로체스터의 아내는 15년간 발작을 일으키는 정신적인 문제를 가지고 있었던 거야.

사랑을 잃고 헤매던 제인은 죽을 고비에 이르기도 했지만, 가까스로 목숨을 구하기는 해. 그녀의 목숨을 구해 준 리버스씨 집에서 머무는 동안 존이라는 선교사는 제인을 좋아하게 되고 그녀와 결혼을 하기 원하지만, 제인의 마음은 로체스터에게 있기에 결혼을 할 수가 없었어.

사랑의 힘이 크기에 제인은 세월이 지나 다시 로체스터를 방문하지만, 로제스터의 집은 정신병을 앓던 아내의 방화로 집안이 몰락하고 로체스터 역시 시력을 잃은 시각장애인이 되어 있었어.

그녀에게 있어 운명은 왜 그리 가혹했던 것일까? 평생 마음 편하게 살 수 있을 기회도, 마음껏 사랑할 기회도, 자신이 하고자 하는 것을 이룰 수 있는 기회도 주어지지 않은 채 그녀는 살아갈 수밖에 없었어. 운명은 개척해 나가는 것이라고 하지만, 그런 말은 진정 아픈 운명을 경험하지 못한 사람들이나 하는 소리가 아닐까 싶어.

우리가 아무리 바꾸려 해도 바꿀 수 없는 것이 있고, 아무리 발버둥 쳐도 헤어 나오지 못하는 것도 있으며, 아무리 소원하고 바란다고 해도 주어지지 않는 것들은 많은 것 같아.

하지만 그러한 상황에서도 살아가야 하는 것이 우리들 인생이기에 피할 수조차 없으니 받아들이는 것이겠지. 물론 제인 에어보다 더 가혹한 운명을 가지고 있는 사람도 있겠지. 하지만 그녀가 그러한 사람들의 운명을 생각하면서 살아갈 이유는 없는 것 같아. 그것은 위로가 되기는 하지만, 그녀에게 있어 운명은 바뀌지 않으니까.

그동안 우리도 적지 않은 운명을 경험했던 것 같아. 때로는 그러한 것에 좌절하기도 하고, 아파하기도 하고, 기뻐하기도 하지 않았나 싶어. 앞으로 우리 앞에는 어떠한 운명이 기다리고 있을까? 내가 감당하고 헤쳐 나갈 수 있는 운명이 내 앞에 놓여 있는 것일까? 아니면 커다란 구렁텅이에 빠질 그러한 운명이 기다리고 있을까?

이제는 내 앞에 주어진 운명이 어떤 형태이건 그리 상관하지 않으려고 해. 내가 바라는 일들이 일어나지 않아도, 내가 원하지 않는 일들이 나에게 일어난다고 하더라도, 그런 것에 연연해하지 않으려 해. 운명은 삶의 변수가 되기는 하지만, 나의 마음속에서 그저 상수라 생각하려고 해. 물론 그것이 어렵기는 하겠지만, 노력하다 보면 나의 마음속에서 운명이라는 것이 언젠가는 상수로 변화되어 있지 않을까 싶은 마음이야.

33. 비커밍 제인

친구야,

오늘은 주말이라 〈비커밍 제인〉이라는 영화를 보았어. 이 영화는 오만과 편견을 쓴 제인 오스틴이 어떻게 해서 그 소설을 쓰게 되었는지 그녀의 젊었을 때의 모습을 만든 영화야.

조용하고 평화로운 영국의 한 시골 마을에 살고 있었던 제인(앤 헤서웨이), 그녀는 그저 책을 읽는 것과 글을 쓰는 것을 좋아하며 책을 출판하는 것이 꿈인 소박한 여성이었어. 어느 날 이 동네에 젊은 변호사인 톰 르프로이(제임스 맥어보이)가 찾아와. 첫 만남에서 톰은 제인이 쓴 글을 그녀가 낭독하는 것을 듣고는 냉소적인 비판을 하지. 자존심이 강했던 제인은 톰에 대해 반감을 갖지만, 같은 동네에서 만남이 이어지면서 서로에게 호감을 가지며 결국 사랑에 빠지게 되지.

그 동네에는 또 다른 남자인 위즐리라는 부유한 귀족 청년이 있었고 그는 제인에게 호감을 갖고 있다가 그녀에게 청혼을 하게 돼. 제인은 그가 돈이 많아 미래가 보장되어 있는 것은 알지만 그를 사랑하는 마음은 없어서 청혼을 단호하게 거절해.

제인과 르프로이가 서로의 마음을 확인하고는 결혼을 하기로 마음먹었지만, 제인은 르프로이의 집안이 가난할 뿐만 아니라 그가 부양해야 할 가족이 너무나 많아 평생을 가족 뒷바라지만 하다가 세월이 다 흘러갈 것 같다는 생각에 결국 그녀는 르프로이를 떠나게 돼.

애정은 없지만 부유해서 미래에 대한 아무 걱정을 하지 않아도 되는 위즐리, 사랑은 하지만 돈이 너무 없고 미래가 보장되지도 않으며 많은 가족을 부양하다가 지쳐 사랑마저 다 잃어버릴 것 같은 르프로이, 제인은 두 명의 남자 중에 어떤 선택을 해야만 했을까?

결국 제인이 르프로이를 좋아한다는 사실이 동네에 알려지게 되면서 위즐리와의 결혼도 할 수 없게 되고, 르프로이와의 미래의 삶에 대한 확신을 잃게 돼서 제인은 그 누구하고도 결혼을 하지 못하게 돼.

결국 제인은 모든 것을 체념한 채 집에 파묻혀 글을 쓰기만 하고 시간이 지나 그녀가 완성한 소설이 바로 〈오만과 편견〉이야. 그녀는 작가로서 커다란 성공을 거두기는 하지만, 평생을 혼자 살아가는 길을 선택해.

한 가지 아쉬운 것은 제인이 르프로이를 진정으로 사랑했다면 부양해야 할 가족이 많다고 하더라도 조금 더 넓은 마음을 가졌으면 어떨까 싶었어. 물론 여성의 입장에서는 현실을 무시할 수는 없었겠지만. 영화에서 르프로이는 제인을 잃고 다른 여성과 결혼한 후 나중에 대법관이라는 직위에 오르게 되지.

사랑은 끝까지 믿는 것이 아닐까 싶어. 현실적인 문제도 있고, 성격적인 문제가 있을 수도 있고, 다른 여러 가지 문제들이 있기는 하지만, 진정으로 어떤 사람을 사랑한다는 것은 그 사람을 어떤 상황에 있더라도 믿어 주는 것이 아닐까 하는 생각이 들었어.

자신의 생각과 판단을 우선하여 살아가다 보면 그 어떤 사랑도 끝까지 가기는 힘들 거야. 이런 이유로 또는 저런 이유로 상대방에 대해 믿음 없이 지금 닥친 일들이나 현실만을 생각한다면 사랑이라는 것은 한낱 순간적 감정에 불과하고 말 거야.

사랑은 단순히 감정만이 아닌 상대의 모든 것을 받아들이고 그 사람의 입장에서 이해하려 노력하고, 무슨 일이 있어도 끝까지 믿어 주는 것이 진정한 사랑이 아닐까 싶어.

34. 장미의 이름은 장미

친구야,

이제 오월이 다 가고 무더운 여름이 오고 있어. 오늘 오후에 시간이 좀 있어서 은희경의 〈장미의 이름은 장미〉라는 소설을 읽었어. 한국을 잠시 떠나 뉴욕에서 한 학기 동안 어학연수를 하면서 그곳에서 만나게 된 사람들과 그들에게서 느꼈던 것에 관한 이야기야.

"사실 수진은 자신을 둘러싼 세계뿐 아니라 자신에게서도 도망치고 싶었는지 모른다. 잘못된 장소로 와버렸다는 걸 깨달았다 해도 되돌아 나가서 다른 경로를 찾기에는 두려운 나이, 결코 나아질 리 없는데도 그럭저럭 머물게 되는 계약직 생활, 그리고 그런 사실들을 불현듯 깨닫게 만들었던 깨어지고 부서져서 결국 사라져 버린 관계들. 수진은 이곳으로 떠나오며 그녀를 규정하는 나이와 삶의 이력에서 잠시나마 이탈할 수 있으리라 믿었다."

그녀는 40이 넘은 나이에 왜 한국을 떠나 낯선 타인들만 있는 뉴욕에 갔을까? 그것은 아마도 그동안 자신과 가깝다고 생각했던 사람들이 아주 타인처럼 느꼈기 때문이 아닐까? 이제껏 지내왔던 시간을 정리하고 새로이 삶에 대한 전환점을 찾고자 그 낯선 타인들만 있는 곳으로 훌쩍 떠난 것은 아닐까? 그녀를 그렇게 이 땅에서 떠나게 만든 것들은 도저히 무엇이었던 것일까?

"나는 왜 떠나온 것일까. 누군가를 더 이상 미워하고 싶지 않을 때 혼자 무기력하게 시간을 보내기보다는 규칙적이고 또 가식적으로 발전이 드러나는 새로운 시도를 해야 한다는 생각. 대체 왜 그런 진지한 생각을 했을까. 그런 점 역시 내가 아는 범주 안에서 틀을 만들고 그 틀에 맞도록 의미를 재단하는 독선적인 진지함의 한 방식이 아니었을까. 나를 증오에 빠지고 용서를 외면하고 또 결별에 이르도록 만든 순정의 무거움, 그리고 서로 다름에서 생겨나는 일상의 수많은 상처와 좌절들, 낙관적이지 못한 복잡한 생각과 그것을 납득시키기 위한 기나긴 말다툼을 통과하고도 나는 여전히 그 틀에 갇혀 있는 게 아닐까. 내가 과연 떠나오기는 한 것일까?"

우리는 주위에 많은 사람들로 둘러싸여 있지만, 매일 그렇게 많은 사람과 함께 하지만, 진정으로 마음을 나눌 수 있는 사람을 그리 많지 않음을 인정할 수밖에 없어. 각자의 입장에서 다른 사람을 판단하고, 자신의 이익에서 다른 사람을 측량하며, 있는 그대로의 모습이 아닌 자신의 틀 안에서 다른 사람을 마구 변형시킬 뿐인 것 같아.

진정한 인간관계는 아무리 가까운 사이라고 해도 너무나 어렵고 힘들다는 것을 부인할 수 없을 거야. 사람에 대해 지치고 믿을 수가 없으며 언제라도 나를 떠나버릴 수 있기에 인간관계의 그

가벼움에 삶의 허무를 느끼기도 하는 것 같아.

"마마두를 검색해서 알 수 있는 것은 별로 없다. 내가 전혀 알지 못하는 마마두들의 국적과 언어, 그리고 마마두는 마호메트이고 그들의 나라에서는 가장 흔한 이름이라는 것 정도이다. 장미의 이름은 장미, 반찬의 이름은 반찬, 마마두의 이름은 마마두. 나는 여전히 미래에 대해 아무런 상상도 하지 않는다. 하지만 가끔은 작가 마마두가 나무배를 타고 호수 한가운데로 가서 뜨거운 소금을 검은 손바닥 위에 올려놓았을 때 그 푸른 하늘과 호수의 장밋빛이 얼마나 아름다울지를 상상해본다. 누군가의 왜곡된 히스토리는 장밋빛으로 시작한다."

상대와 더불어 미래에 대해 상상하지 못하는 것은 무슨 이유 때문일까? 왜 우리는 주위에 함께 있는 사람과 희망을 공유하지 못하는 것일까? 모두다가 타인 같기에, 가까이에 있지만 나의 내면을 보여줄 수 있을 정도로 믿을 수 없기에, 언제 그 사람과 어떻게 될지 알 수 없기에, 우리는 그들과 미래에 대해 꿈꾸고 공유하고자 하는 마음조차도 생기지 않는 것은 아닐까?

이 소설을 읽으면서 사실 마음적으로 조금 우울해지는 느낌을 지울 수 없었어. 좋은 사람은 많지만, 마음을 나눌 수 있는 사람은 그리 많지 않은 현실이 순수했던 너를 더 그리워하는 것 같아. 이제는 만날 수는 없지만 너는 나의 마음속에 아마 그 순수한 상태로 영원히 남아 있을 거야.

35. 처음 만나는 자유

친구야,

오늘은 지방선거일이라서 어젯밤에 영화 한 편을 보고 잤어. 〈처음 만나는 자유〉라는 2000년에 개봉한 20년 전 영화이긴 하지만 왠지 그냥 보고 싶다는 느낌이 들어서 봤어.

17살의 어린 나이에 수면제를 다량으로 복용하고 자살을 시도했던 수잔나 케이슨(위노나 라이더)에 관한 이야기야. 그녀에게는 무슨 일이 있었기에 그 나이에 자살을 시도했었던 것일까? 그녀가 살고 있었던 세상은 어떠했길래 세상으로부터 분리되고 싶었던 걸까?

"감정을 느끼기 싫으면 죽음이 꿈처럼 보인다. 하지만 죽음을 보면 정말 죽음과 마주하면 죽음을 꿈꾸는 건 헛소리가 된다. 아마 성장해서 한 꺼풀 벗겨지는 순간이 있나 보다. 자기 마음을 못 믿어서 비밀을 찾나 보다."

사실 그녀는 지극히 평범한 가정에서 자랐지만, 왠지 모르게 세상 속에서 살아가기에는 버거웠어. 어떤 사람에게는 20kg이 가볍지만, 다른 사람에게는 20kg이 들 수도 없을 만큼 무거운 것이기도 하잖아. 세상은 모든 사람에게 같겠지만, 각 사람에게는 다르게 다가오고 느껴지니까.

결국 그녀는 '인격경계 혼란장애'라는 정신이상 판정을 받고 정신병원에 입원하게 돼. 어쩌면 아무도 간섭하지 않는 그곳에서 그녀는 더 자유를 느낄 수 있었을지 몰라. 하지만 정신병원은 또 다른 무게로 그녀에게 다가올 수밖에 없었지. 그 무게는 세상에서 억눌렸던 것보다 더 무거운 것이었고, 그곳에서 직접 친했던 친구가 자살하는 것을 눈앞에서 보고 죽음이 무엇인지 직접 경험할 수밖에 없었어.

그녀가 입원해 있던 곳에서 그녀를 유일하게 정신이상이 아니라고 말해 주는 사람이 있었어. 흑인 간호사인 발레리(우피 골드버그)였지. 발레리는 수잔나에게 인생을 낭비하지 말고 힘들더라도 그녀가 있었던 세상으로 돌아가라고 이야기해 주곤 하지.

수잔나는 그곳에서 많은 친구들을 만나. 아빠와 치킨만 좋아하는 데이지, 심한 화상으로 인해 흉한 얼굴을 하고 있어 자기 외모에 대해 혐오하는 폴리, 정신병원에서 탈출하고 되돌아오는 것을 반복하는 리사(안젤리나 졸리), 그들과 같이 생활하면서 수잔나는 또 다른 세상을 경험하게 돼. 그들과 정이 들고 친해지기도 하지만, 결국 그녀는 진정한 자유를 찾아 원래 있었던 곳으로 돌아가야겠다는 결심을 하게 되지.

"온 세상이 바보같아 보일 수 있어. 그래도 저곳에 가고 싶어. 저 세상 속에 있고 싶지. 너랑 이곳에 있고 싶지 않아."

수잔나는 자신의 지난 시절에 대한 기억을 글로 쓰고, 주위 사람들에 대한 것도 글을 쓰면서 서서히 원래 있었던 세상으로 돌아가기 위해 노력을 해.

그녀는 자신이 자유롭지 못했다고 느꼈던 그 세상에서, 수면제를 먹고 자살을 시도했던 그 세상에서, 다시 자유를 찾기 위해 나름대로 최선을 다하고 1년이 지난 후 자신을 억압했다고 느꼈던 그 세상으로 다시 돌아가게 되지. 그 세상은 변함없지만 이제 수잔나는 그곳에서 처음 만나는 자유를 아마 느꼈을 거야.

세상은 아무 말도 없이 그대로인데 수잔나에게 세상은 왜 그렇게 바뀌었던 것일까? 주위 사람들도 환경도 모두 똑같은데 왜 그녀는 전에는 자유를 느끼지 못한 채 지내야 했을까? 세상은 그것을 바라보고 받아들이는 사람에 따라 달라지는 것이 아닐까 싶어.

내가 있는 곳이 천국이라고 생각하면 천국이고, 내가 있는 곳이 지옥이라면 지옥일 거야. 누구는 천국이라는 곳에서 지옥을 느끼고, 누구는 지옥이라는 곳에서 천국을 느끼기도 하니까.

내가 처해 있는 지금 이곳, 내가 살아가고 있는 현재는 어떠할까? 나는 어떠한 눈으로 주위 사람들과 세상을 보고 있는 것일까? 나는 진정한 자유를 누르며 오늘을 살아가고 있을까?

친구야,

이 영화를 보면서 행복하고 편안하며 아름다운 세상에서 살기 위해서는 나 자신부터 세상을 그렇게 볼 수 있는 눈이 필요하지 않을까 하는 생각을 했어.

사실 나 자신도 내가 처한 환경과 상황에서 세상을 아름답게 보지 못했던 때도 있었던 것 같아. 아마 너무 어리석고 무지해서 그랬던 것이 아닐까 싶어.

이제는 나 자신을 더욱 돌아보고 더 의미 있고 편안하며 아름다운 세상에서 살아가기 위해 노력하려고 해. 오늘 행복하지 않으면 내일 행복하지 않을 수도 있으니 오늘 정말 행복할 수 있도록 해야 하겠지.

36. 익명의 섬

친구야,

오늘은 지방선거 공휴일이라 아침 일찍 투표를 하고 집에서 쉬고 있어. 책장에 이문열의 책이 꽂혀 있길래 펼쳐서 〈익명의 섬〉을 다시 읽었어.

이 단편소설은 도시에서 아주 멀리 떨어진 산골의 초등학교에 부임한 어떤 한 여선생이 그 마을에서 겪었던 내용이야. 그 동네에 사는 사람들은 대부분 친척들로 이루어진 동네였기에 비밀이 없는, 즉 익명이 보장되지 않는 동네였어. 어느날 이 동네에 깨철이라는 좀 바보 같은 사내가 타지에서 들어오면서 그 익명성이 이상하게 작동하게 돼.

"그녀들은 마치 서로 다짐하듯 그렇게 끝을 맺었는데 그 어조에는 어딘가 공범자끼리의 은근함이 있었다. 그제서야 나는 깨철이의 숨겨진 무서운 면을 본 느낌과 함께 마을 아낙네들이 가장 경멸스럽게 그를 얘기할 때조차도 그 뒤에서는 이상한 보호 본능 같은 것이 느껴지던 이유를 짐작할 수 있었다. 깨철이가 힘들여 일하지 않고도 하루 세끼 밥과 누울 잠자리를 얻을 수 있는 것 또한 절반 이상이 그런 아낙네들에 힘입은 것이리라. 그러나 나머

139

지 절반, 즉 남자들이 그와 같은 깨철이의 존재를 묵인하는 데 대해서는 여전히 그 까닭을 알 수가 없었다."

깨철이가 그 동네에서 아무 일도 하지 않은 채 먹고 자며 살아갈 수 있었던 이유는 무엇일까? 왜 동네 사람들은 하는 일도 없는 그를 먹여주고 재워주는 것이었을까?

"내가 그 마을을 떠나던 날이었다. 마침 대학 후배였던 내 후임자는 버스 정류소까지 나를 전송하러 나왔다. 그런데 정류소 앞 가겟집 툇마루에 언제 왔는지 깨철이가 웅크리고 앉아 처음 나를 보았을 때와 똑같은 눈으로 내 후임인 여선생을 살피고 있었다. 나는 그걸 보고 그녀에게 깨철이에 대한 이야기를 해줄까 하다가 그만두었다. 그는 혈연이나 인척으로 속속들이 기명화된 그 마을에 유일하게 떠도는 익명의 섬이었다. 만약 그녀에게도 대부분의 그 마을 아낙네들처럼, 혹은 2년 전 어느 날의 나처럼, 분출하지 않고는 견디지 못할 만큼 패쇄되고 억제된 성이 있다면, 역시 그 익명의 섬은 필요할지도 모를 일이었다."

깨철이가 친척들로만 구성된 비밀이 없을 것 같은 시골 마을에서 아무런 하는 일 없이 살아갈 수 있었던 것은 바로 그만이 가지고 있는 익명성 때문이었어. 그 익명성으로 인해 마을 사람들이 비밀에 부칠 수밖에 없는 어떤 그만의 영역이 존재할 수 있었던 거야.

세상에 비밀은 없지만, 그것을 감추려고 하는 사람들은 너무 많은 것 같아. 그 비밀이 탄로 나면 자신의 중요한 어떠한 것을 잃어버릴 수밖에 없으니까. 서로에게 감추어야 할 비밀이 공통적으로 존재한다면 이를 공유하는 모든 사람들이 그것을 은닉하려고 다 함께 노력하겠지.

익명성이 우리의 욕구를 채워줄 수는 있지만, 어떻게 보면 그 자체가 우리의 부끄러운 민낯이 아닐까 싶어. 누구에게도 들키고 싶지 않은, 영원히 비밀로 남게 되기를 바라는 그러한 우리들의 숨기고 싶은 모습들이겠지.

하지만 자신의 모습을 그렇게까지 숨기고 싶어 하는 이유는 무엇 때문일까? 왜 자신의 모습은 감추기를 원하면서 다른 사람의 감추고 싶어 하는 모습은 헤집어내려 하는 것일까? 진정으로 중요한 것은 다른 사람이 아닌, 자신에게 부끄럽지 않은 삶을 살아가야 하는 것이 아닐까 싶어.

37. 가을의 전설

친구야,

오늘은 공휴일이라 영화 〈가을의 전설〉을 봤어. 요즘엔 시간이 나면 예전 영화 중에서 못 본 것들을 보곤 해.

배경은 1910년대 세계 1차 대전이 일어나기 전의 미국 몬태나 주야. 몬태나는 천혜의 자연으로 정말 아름다운 곳인 것 같아. 이 곳에는 직업군인으로 일하다가 인디언 학살에 대해 참지 못하고 퇴역한 러들러 대령(안소니 홉킨스)과 세 명의 아들이 살고 있었어. 첫째가 알프레드(에이단 퀸), 둘째는 트리스탄(브래드 피트), 셋째가 새뮤얼(헨리 토마스)이야. 세 형제는 우애 있게 몬태나의 농장에서 자랐어. 특히 둘째였던 트리스탄은 자연과 벗하며 자유롭고 분방한 사고방식을 가지고 있었어.

세 형제는 장성하여 각자 자신의 길을 가기 시작하지. 대학에 진학해 공부하던 새뮤얼은 학기를 마치고 자신의 약혼녀인 수잔나(줄리아 오몬드)를 집으로 데리고 와. 수잔나는 너무나 아름다운 여인이었고, 알프레드와 트리스탄도 그녀에게 커다란 호감을 느끼게 돼. 수잔나는 새뮤얼을 사랑하면서도 자유분방한 트리스탄에게 많은 호감을 가지게 돼.

동생의 약혼녀를 어떻게 좋아하는지 사실 나는 잘 이해가 되지는 않지만, 어쨌든 이로 인해 러들러 가문의 비극은 서서히 시작되고 말아.

마침 세계 1차 대전이 발발하고, 아버지의 만류에도 불구하고 막내인 새뮤얼은 자신의 약혼녀가 있는데도 불구하고 전쟁에 참여하겠다고 해. 아마 수잔나의 마음은 이때부터 조금씩 흔들리지 않았나 싶어. 전쟁에 의무적으로 참여하지 않아도 되는데 자신을 버리고 전쟁에 나가는 새뮤얼이 원망스러웠을 거야.

장남인 알프레드 또한 아버지 러들러와의 의견 충돌로 전쟁에 가겠다고 하고, 동생을 지키기 위해 둘째인 트리스탄도 어쩔 수 없이 전쟁에 가게 되지. 하지만 전쟁과는 어울리지 않았던 새뮤얼은 결국 전사하고 되고, 알프레드 역시 전쟁에서 부상을 당하고 집으로 돌아올 수밖에 없었어.

동생의 죽음을 막지 못한 트리스탄은 죄책감에 시달리게 되고 전쟁에서 동생의 원수를 갚기 위해 독일군을 무참하게 죽이고 그들의 머리 가죽을 벗기기도 해. 트리스탄은 군대를 마치고 혼자서 방황하며 집으로 돌아오지는 않아.

집으로 돌아온 알프레드는 수잔나에게 향한 마음을 접을 수가 없어서 결국 비록 동생의 약혼녀였지만 자신의 마음을 고백하고 결혼을 하자고 하지. 새뮤얼을 잃고 실의에 빠진 수잔나는 알프레드에 대한 마음이 하나도 없었기 때문에 그의 청혼을 거절하게 되지. 그 과정에서 수잔나는 만약 결혼을 하게 된다면 자신은 트리스탄을 사랑하기 때문에 그와 가정을 이루고 싶어하는 자신을 발견하게 돼.

오랜 방황 끝에 트리스탄은 집으로 돌아왔고, 수잔나를 다시 만난 그는 자신 또한 그녀를 사랑한다는 것을 깨닫고 결국 그녀와 육체관계를 가지게 돼. 트리스탄은 수잔나와 함께 얼마 동안 잘 지내지만, 자유에 대한 갈망을 억제할 수가 없어서 다시 집을 떠나 혼자 정처 없는 유랑생활을 하게 되지.

수잔나는 트리스탄이 돌아오기를 애타게 기다리지만, 그는 돌아오지 않고, 정치가로 변신한 알프레드가 하원의원이 되어 고향으로 돌아오지. 트리스탄은 수잔나에게 편지를 써서 자신은 고향으로 돌아가지 않고 계속 유랑생활을 하게 될지 모르니 새로운 사랑을 찾으라고 하지. 이에 충격을 받은 수잔나는 알프레드의 청혼을 받아들여 결국 그와 결혼하게 돼.

오랜 방황을 끝내고 집으로 돌아온 트리스탄은 수잔나가 알프레드의 아내가 되어 있는 모습을 보고 자신의 사랑을 지키지 못했음을 나중에야 깨닫게 되지. 게다가 아버지는 중풍으로 몸을 쓰지도 못할 정도로 허약해진 채 홀로 지내고 있었어. 트리스탄은 더 이상 방황을 하지 않기로 결심하고 어릴 때부터 함께 자랐던 인디언 출신의 이사벨(카리나 롬바드)과 결혼을 하고 아이도 둘이나 낳고 첫째를 자기 동생의 이름을 따서 새뮤얼이라고 짓지.

아버지의 병환으로 집안이 경제적으로 몰락했기에 트리스탄은 밀주를 만들어 돈을 모으기 시작하는 데 이 과정에서 경찰에 수사를 받다가 아내인 이사벨이 불의의 사고로 죽게 돼. 이 모습을 본 트리스탄은 참을 수가 없어서 경찰을 심하게 폭행하게 되고 이로 인해 그는 구속을 피할 수가 없었어.

구속된 트리스탄을 면회하러 온 수잔나, 그녀는 자신이 알프레드의 아내임에도 불구하고 자신의 진정한 사랑은 트리스탄이라는 것을 깨닫게 되고 이에 자신의 삶에 대해 크게 절망한 후 결국 집으로 돌아가 권총으로 스스로 목숨을 끊어.

새뮤얼의 무덤 옆에 수잔나를 묻은 트리스탄은 자신의 아이를 형인 알프레드에게 맡기고 다시 방황의 길을 떠난다는 영화야.

수잔나는 자신의 사랑을 잃기도 했지만, 그 사랑을 지키지도 못했어. 트리스탄 역시 마찬가지였어. 새뮤얼은 자신의 사랑보다도 이상을 더 추구했고, 알프레드는 자신을 사랑하지도 않는 수잔나를 하원의원이라는 조건으로 그녀를 소유하려고 했으며, 러들러 대령의 부인은 몬태나라는 시골이 싫어 남편과 아이 세 명을 모두 버리고 도시로 나가 혼자 살기도 하고. 러들러 대령은 시골을 싫어하는 자기 아내에 대해 많이 배려하지도 않은 채 자신의 길을 고집했고. 결국 가족이라는 울타리는 사라져 버렸고, 온전한 사랑도 존재할 수가 없었어.

어쩌면 진정한 사랑을 이루어 낼 수도 있었고, 좋은 가정을 만들 수도 있었지만, 모든 사람들이 자신의 뜻대로만 살려고 했기에 모든 것을 다 잃어버린 것이 아닌가 싶어. 그들에게는 가족과 사랑이 그저 전설처럼 남아 있을 뿐이었어.

 이 영화를 보면서 많이 아쉽다는 생각이 들어. 우리는 자신의
세계에서만 갇혀 있었기에 보다 소중한 것들을 잃어버리고 있는
것은 아닐까 하는 생각이 들었어. 나만의 세계가 전부가 아닌 데
왜 그것을 그렇게까지 고집을 피우는 것일까? 비극은 그러한 사
소한 것에서 시작되는 것이 아닐까 싶어.

38. 사랑은 그 사람을 위해 있는 것이 아닐까?

친구야,

가만히 생각해 보면 사랑이란 그 사람을 위한 것이 아닐까 싶어. 그런데 대부분의 경우는 나 자신을 위한 사랑을 하고 있는 것 같아. 내가 좋아하는 사람이 나에게 어떤 도움이 되는지 생각하게 되고, 그 사람과 함께 함이 나의 삶에 좋은 것인지만 고민하는 것 같아.

우리는 많은 경우 자신에게 그다지 필요하지 않은 사람이라면 사랑이라는 감정도 그저 쉽게 내버리고 되고, 자신에게 짐이 되고 어려움을 끼치는 사람이라면 좋아했던 감정마저 잃어버리게 되는 것이 아닌가 싶어.

변함없이 존재하고 있는 그 사람인데도 불구하고, 자신이 변한 것은 모른 채 함께 해왔던 시간과 추억도 모두 지나가 버린 것 같이 생각하고 마는 것 같아.

진정으로 그 사람을 사랑한다면 그 사람의 모든 것을 받아줄 수 있겠지. 사랑하지 않기에 그의 조그만 부분까지 흠을 잡고 자신의 마음에 하나라도 들지 않으면 배척하는 것일 거야.

그 사람의 많은 것을 자신의 입장에서 따지고 고민한다는 것은 아마 사랑은 아닐 거야. 만약 그것이 사랑이라면 그 사람을 위해 자신의 세계를 변화시키려고 노력해야 하는 것이 정답이 아닐까 싶어.

자신의 세계는 고정시켜 놓고, 스스로 하나도 변화하려고 노력도 하지 않으면서 상대방을 판단하는 것은 아마 사랑이라기보다는 이기적인 자기애에 불과할 거야.

다른 사람이 자신을 위해 존재하지 않는다는 것을 안다면, 그 사람이 자신과 다른 생각과 행동을 하리라는 것은 당연할 거야. 그 사람의 입장에서 그를 이해하려고 노력하지 않는 것이라면 자기 세계만을 고집한 채, 사랑에 대해 아무런 생각이 없는 것이겠지.

상대를 탓하기 전에 자신을 돌아보는 것이 진정한 사랑의 첫걸음이 아닐까 해. 그 누구도 완벽한 사람이 없거늘, 그 사람의 말과 행동을 진정으로 이해하려고 노력하지 않았음을 스스로 인정할 수 있는 사람이 성숙한 사랑을 할 수 있지 않을까 싶어.

39. 몽고반점

친구야,

새벽에 눈이 떠졌어. 좀 더 자려고 했는데 잠이 오지 않아 그냥 일어났어. 갑자기 예전에 읽었던 한강의 〈몽고반점〉 생각나서 다시 꺼내 읽었어. 결혼한 지 한참이나 지난 그녀에게는 왜 아직도 몽고반점이 남아 있던 것일까?

"그제야 아내가 온 것을 안듯 처제는 멍한 얼굴로 이편을 건너다보았다. 아무것도 담기지 않은 시선이었다. 처음으로 그는 그녀의 눈이 어린아이 같다고 생각했다. 어린아이가 아니면 가질 수 없는, 모든 것이 담긴, 그러나 동시에 모든 것이 비워진 눈이었다. 아니, 어쩌면 어린아이도 되기 이전의, 아무것도 눈동자에 담아본 적이 없는 것 같은 시선이었다. 그녀는 천천히 그들에게서 몸을 돌려 베란다 쪽으로 다가갔다. 미닫이문을 열어 찬바람이 일시에 밀려오도록 했다. 그는 그녀의 연둣빛 몽고반점을 보았고, 거기 수액처럼 말라붙은 그의 타액과 정액의 흔적을 보았다. 갑자기 자신이 모든 것을 겪어버렸다고, 늙어버렸다고, 지금 죽는다 해도 두렵지 않을 것 같다고 느꼈다."

처제였던 그녀는 다른 사람이 이해할 수 없는 세계에서 살고 있었어. 남들은 그녀를 정신병에 걸린 것이라고 했지만, 그것은 다른 사람들이 만들어놓은 기준에 의해 판단할 경우에나 그런 것이 아닐까 싶어.

"그는 숨을 죽인 채 그녀의 엉덩이를 보았다. 토실토실한 두 개의 둔덕 위로 흔히 천사의 미소라고 불리는, 옴폭하게 찍힌 두 개의 보조개가 있었다. 반점은 과연 엄지손가락만한 크기로 왼쪽 엉덩이 윗부분에 찍혀 있었다. 어떻게 저런 것이 저곳에 남아 있는 것일까. 그는 이해할 수 없었다. 약간 멍이 든 듯도 한, 연한 초록빛의, 분명한 몽고반점이었다. 그것이 태고의 것, 진화 전의 것, 혹은 광합성의 흔적 같은 것을 연상시킨다는 것을, 뜻밖에도 성적인 느낌과는 무관하며 오히려 식물적인 무엇으로 느껴진다는 것을 그는 깨달았다."

그녀는 그저 자신의 마음에 따라, 감정에 따라, 느껴지는 것에 따라 행동하고 살아갈 뿐이었어. 마치 그녀는 어린아이처럼, 아직도 몽고반점이 사라지지 않은 아이처럼 살아가고 있었을 뿐이야. 그것은 당연히 사회가 규정해 놓은 기준에 부합하지 않을 수밖에 없고, 대부분의 사람들, 가족마저도 그녀를 받아들일 수가 없었어.

"그녀를 찍은 테이프들은 기대 이상으로 좋았다. 광선과 분위기, 그녀의 움직임들은 숨 막힐 만큼 흡인력 있는 것이었다. 어떤 배경음악을 깔아야 할까를 잠시 생각해 보았으나, 진공상태와 같은 침묵이 나았다. 부드럽게 뒤척이는 몸짓과 나신 가득 만발한 꽃들과 몽고반점—본질적인, 어떤 영원한 것을 상기시키는 침묵의 조화."

세상에서 가장 아름다운 것은 어떤 것일까? 그건 아마 어린아이의 천진난만한 웃음이 아닐까 싶어. 아직 몽고반점을 가지고 있는 아이들의 티 없이 맑게 웃는 모습, 그것보다 더 예쁜 것은 없을 거야.

예술의 궁극적인 이유는 아마 아름다움 그 자체가 아닐까 싶어. 아직 사회의 때를 입지 않은, 사람들의 인위적인 것이 더해지지 않은, 편견과 선입견으로 편협하지 않은, 제도와 윤리라는 것으로 옷 입혀지지 않은, 그러한 인간 본래의 모습에서 아름다움은 존재한다는 생각이 들어. 그저 그 사람을 좋아하는 감정 그 자체로, 순수한 끌림이라는 그 자체로 충분하지 않을까 해.

"지금 베란다로 달려가, 그녀가 기대서 있는 난간을 뛰어넘어 날아오를 수 있을 것이다. 삼층 아래로 떨어져 머리를 박살 낼 수 있을 것이다. 그렇게 할 수 있을 것이다. 그것만이 깨끗할 것이다. 그러나 그는 그 자리에 못 박혀 서서, 삶의 처음이자 마지막 순간인 듯, 활활 타오르는 꽃 같은 그녀의 육체, 밤사이 그가 찍은 어떤 장면보다 강렬한 이미지로 번쩍이는 육체만을 응시하고 있었다."

처제의 세계로 들어갈 수밖에 없었던 그는 아내가 보는 앞에서 차라리 죽음을 택하는 것이 마음 편했을지도 몰라. 사회적으로, 윤리적으로 감당하기 힘들 테니까. 하지만 그는 그 길을 택하지

는 않아. 다만 예술가였기 때문만은 아닐 거야. 그건 아마도 그가
바라던 세계를 경험했기 때문이 아닐까 싶어.

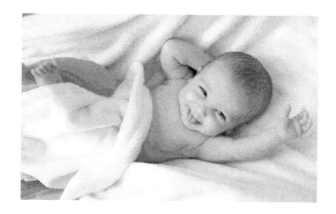

40. 나무 불꽃

친구야,

비가 오려는지 하늘이 흐리네. 며칠 전에 온 비로는 충분하지 않았던 것 같아. 오늘은 평일이지만 시간이 있어서 한강의 〈나무 불꽃〉을 읽었어.

소설에서 정신 병원에 있는 영혜는 나무가 되고 싶어 해.

"언니, 내가 물구나무서 있는데, 내 몸에 잎사귀가 자라고, 내 손에서 뿌리가 돋아서 땅속으로 파고 들었어. 끝없이, 끝없이. 응, 사타구니에서 꽃이 피어나려고 해서 다리를 벌렸는데, 활짝 벌렸는데."

그녀는 왜 나무가 되고 싶어 했던 것일까? 그녀 안에 있는 그 무엇이 그녀를 나무가 되기를 원하게 했던 것일까? 영혜는 나무가 되기 위해 음식을 하나도 먹지 않아. 나무처럼 물과 햇빛만 있으면 충분하다고 생각하지.

"영혜의 음성은 느리고 낮았지만 단호했다. 더 이상 냉정할 수 없을 것 같은 어조였다. 마침내 그녀는 참았던 고함을 지르고 말았다.

네가! 죽을까 봐 그러잖아!

영혜는 고개를 돌려, 낯선 여자를 바라보듯 그녀를 물끄러미 건너다보았다. 이윽고 흘러나온 질문을 마지막으로 영혜는 입을 다물었다.

왜, 죽으면 안 되는 거야?"

영혜는 왜 죽으면 안 되는 것이라고 말하고 있는 것일까? 그녀는 삶에 대한 애착이나 미련이 하나도 없었어. 죽음이나 삶에 별 차이가 없다고 생각하는 거야. 죽는다고 아쉬울 것도 없는 듯 그녀는 죽음에 대해 어떤 두려움도 없었고, 오히려 그것을 원하고 있었어. 그녀의 삶의 무엇이 그녀를 이렇게 만들었던 것일까?

"맞은편에는 후락한 가건물들이 서 있었고, 차량이 다니지 않는 가장자리의 침목들 사이로 손질 안 된 풀들이 웃자라 있었다. 문득 이 세상을 살아본 적이 없다는 느낌이 드는 것에 그녀는 놀랐다. 사실이었다. 그녀는 살아본 적이 없었다. 기억할 수 있는 오래전의 어린 시절부터, 다만 견뎌왔을 뿐이었다. 그녀는 자신이 선량한 인간임을 믿었으며, 그 믿음대로 누구에게도 피해를 주지 않았다. 성실했고, 나름대로 성공했으며, 언제까지나 그럴 것이었다. 그러나 이해할 수 없는 일이었다. 그 후락한 가건물과 웃자란 풀들 앞에서 그녀는 단 한 번도 살아본 적 없는 어린아이에 불과했다."

자신이 원하는 삶을 살아본 적 없이 그렇게 세월을 보냈던 영혜와 언니, 돌이켜보면 그들의 삶의 주인은 자신들이 아니었던 거야. 나무가 평생을 그 자리에서 수동적으로 살아가는 것처럼, 그들의 삶도 자신이 아닌 다른 사람에 의해, 아니면 사회에 의해 그저 주어진 것들을 해내는 것에 불과했던 거야.

"봄날 오후의 국철 승강장에 서서 죽음이 몇 달 뒤로 다가와 있다고 느꼈을 때, 몸에서 끝없이 새어 나오는 선혈이 그것을 증거한다고 믿었을 때 그녀는 이미 깨달았다. 자신이 오래전부터 죽어 있었다는 것을. 그녀의 고단한 삶은 연극이나 유령 같은 것에 지나지 않는다는 것을. 그녀의 곁에 나란히 선 죽음의 얼굴은 마치 오래전에 잃었다가 돌아온 혈육처럼 낯익었다."

영혜가 나무가 되려고 하는 것에서 언니 또한 자신의 삶도 죽어 있었음을 깨닫게 돼. 무엇을 위해 살아가야 하는지, 누구를 위해 자신은 존재하고 있는 것인지, 스스로의 삶을 위해서는 무엇을 하고 있는 것인지 생각하게 돼. 영혜는 자신의 삶이 나무 같았던 삶이었기에, 만약 그렇다면, 차라리 아예 나무가 되려고 했던 것이 아닌가 싶어.

"아직 어두운 새벽, 지우가 깨어나기 전까지의 서너 시간. 어떤 살아 있는 것의 기척도 들리지 않는 시간. 영원처럼 길고, 늪처럼 바닥이 없는 시간. 빈 욕조에 웅크려 누워 눈을 감으면 캄캄한 숲이 덮쳐온다. 검은 빗발이 영혜의 몸에 창처럼 꽂히고, 깡마른 맨발이 진흙에 덮인다. 그 모습을 지우려고 고개를 흔들면, 어째서인지 한낮의 여름 나무들이 마치 초록빛의 커다란 불꽃들처럼 그녀의 눈앞에 어른거린다. 영혜가 들려준 환상 때문일까. 살아오는 동안 보았던 수많은 나무들, 무정한 바다처럼 세상을 뒤덮은

숲들의 물결이 그녀의 지친 몸을 휩싸며 타오른다. 도시들과 소읍들과 도로는 크고작은 섬과 다리들처럼 그 위로 떠올라 있을 뿐, 그 뜨거운 물결에 밀려 어디론가 서서히 떠내려가고 있을 뿐이다."

영혜와 언니는 나무 같은 삶을 끝내고 싶었어. 나무에 불이 붙어 찬란하게 불꽃이 타오르는 것처럼, 그들은 지금까지 살아온 것들이 모두 타 사라지기를 희망했는지 몰라. 자신의 삶이 아닌 그저 주어진 위치에서 주어진 대로 살아가야 하는 인생 자체에 무의미함을 느낄 뿐이었어.

우리의 삶은 무엇을 위한 것일까? 나는 얼마나 나의 삶의 주인으로서 살아가고 있는 것일까? 그냥 나무처럼 주어진 대로만 살아가고 있는 것은 아닐까? 오늘 해야 할 일을 하고, 주어진 대로만 지내고, 나 자신을 위한 삶이 아닌 다른 것들을 위한 나의 삶으로만 나의 인생은 채워져 가는 것은 아닐까? 그러한 삶이라면 그것이 얼마나 의미 있는 것일까? 내가 주인이 아닌 삶이라면 나는 왜 존재하고 있는 것일까?

41. 노예 12년

친구야,

오늘은 노예 12년이라는 영화를 봤어. 이것은 솔로몬 노섭이라는 사람의 회고록을 원작으로 한 실화를 바탕으로 한 영화야. 시대 배경은 1849년대 링컨의 노예해방 선언이 있기 전이야. 그는 비록 흑인이었지만, 워싱턴 DC에 살고 있는 자유인의 신분이었어.

어느날 비즈니스라는 이유로 인신매매범에게 속아 남부지방으로 노예로 팔려 가게 돼. 노예 시장에서의 흑인은 알다시피 인간 취급을 받지 못했지. 완전히 발가벗겨진 채 남녀들이 함께 몸을 씻는가 하면, 백인들은 흑인들을 짐승 바라보듯 하며 가격을 흥정하지.

노섭은 처음에는 그나마 인정 있는 백인 주인에게 팔려 가 다행이었지만, 그 주인은 흑인들을 인간적인 대우라기보다는 자신의 동물들을 대하듯 아껴주는 정도였다. 하지만 그 주인은 자신의 빚 때문에 노섭을 다른 주인에게 넘기고 말지.

두 번째 주인은 말 그대로 인간이라고 할 수 없는 잔인하고 악랄한 백인이었어. 매일 채찍질에 주인의 어디로 튈지 모르는 다

혈질적인 성격에 그 농장의 흑인들은 인간이라고는 할 수 없는 그저 목숨을 간신히 유지한 채 생존해 갈 뿐이었어.

노섭은 견딜 수 없는 백인의 학대에 탈출을 시도하지만, 번번이 실패하고 더 이상 가족에게 돌아갈 수 있다는 희망마저 잃게 되지. 이때 마침 그 농장에 캐나다 출신 백인 목수가 일을 하러 오는 데 노섭의 지나간 이야기를 듣고 워싱턴 DC에 있는 가족에게 비밀리에 연락을 취해 악마와도 같은 주인에게서 벗어날 수 있게 돼.

12년 만에 가족의 품으로 돌아온 노섭, 어린아이였던 자식들은 이미 장성해서 딸 아이는 결혼을 해서 아이까지 낳았고, 아들도 홀쩍 커서 성인이 다 되어 있었어. 다행히 아내는 그를 12년 동안 기다리고 있어서 다시 가족으로 지낼 수가 있었지.

노섭의 잃어버린 12년은 어떻게 보상될 수 있을까? 그는 분명 노예가 아닌 자유인의 신분이었고, 이를 증명할 수 있는 증명서도 있었으며, 직장을 가지고 있으면서 백인과 별 다름없이 살고 있었는데, 그가 무슨 잘못을 했길래 12년이라는 그 오랜 세월 동안 짐승만도 못한 대우를 받으며 지옥 같은 노예 생활을 해야만 했던 것일까?

우리 인간이 살아가고 있는 사회와 현실은 부조리로 가득 차 있는 것이 아닌가 싶어. 전혀 이해할 수도 없고, 받아들일 수도 없는 부조리, 인간적 삶을 송두리째 앗아갈 수도 있는 부조리, 어떤 이상이나 희망도 소용이 없는 부조리, 그러한 부조리로 가득한 세상에서 우리의 힘은 너무나 미약한 것 같아.

지금 이 시대를 살아가고 있는 우리 주위에는 어떠한 부조리가 있는 것일까? 우리는 이 시대 속에 속해있기 때문에 그러한 부조리를 보지 못하고 있는 것은 아닐까? 노섭이 노예로 팔려 간 그 시대 사람들이 노예제도에 대해 아무런 부조리를 느끼지 못하는 것처럼 우리도 지금 이 시대를 덮고 있는 부조리를 인식조차 하고 있지 못하는 것은 아닐까?

어느 시대이건, 어느 곳에서 완벽한 것은 없는 것 같아. 그 위치에서 무엇이 잘못되어 있는 것은 없는지 항상 돌아보고, 생각하고 의문을 제기하며 우리가 볼 수 없는 것은 보기 위하여 노력해 나가는 것이 중요한 것 같아.

42. 라스베가스를 떠나며

친구야,

네가 제일 좋아하는 여자 영화 배우는 누군지 갑자기 궁금해졌
어. 예전에 영화를 같이 보러 시내도 갔었던 기억도 나네. 사실
나는 엘리자베스 슈를 제일 좋아하거든. 예전에 좋아했던 영화
백투더퓨처에도 나왔던 배우라고 하면 너도 아마 기억할 거야.
그 영화 우리 엄청 재미있게 봤잖아. 그 배우가 나오는 영화를 많
이 본 것은 아니지만, 〈라스베가스를 떠나며〉는 사실 이 영화보
다는 엘리자베스 슈 때문에 본 거야.

이 영화에서 벤(니콜라스 케이지)는 영화대본 작가였어. 하지만
그는 알코올 중독으로 인해 좋은 직장까지 잃어버리지. 그에게는
아내가 있었지만, 그의 아내는 술만 마시는 그를 더 이상 참지 못
한 채 미련 없이 버리고 아이와 함께 떠나버리고 말지. 벤은 자신
이 할 수 있는 것이 없다는 생각에, 그저 술에 취해 시간을 잃어
버리고 싶어서 아무 생각 없이 L.A.를 떠나 라스베가스를 가게
되지.

그는 하루종일 술에 취해서 살아가고 싶었던 거야. 그에게는 따
뜻하게 말을 나눌 상대도, 자신의 아픔을 함께해줄 사람도, 부족

한 그를 받아줄 사람도, 게다가 할 수 있는 일도 없었던 거지.

외로운 그가 라스베가스에 가서 만난 사람이 바로 세라(엘리자베스 슈)야. 그녀는 라스베가스에서 매춘부로 일하고 있었어. 낮에는 자고 밤에는 환락의 도시 라스베가스의 거리를 돌아다니며 힘들게 생계를 유지하고 있었지. 그녀 또한 경제적으로 너무 힘들었고, 포주에게 폭행을 당하며, 자신을 있는 그대로 받아주는 사람 없이 하루하루를 보내는 외로운 여성이었어.

벤이나 세라는 어떻게 보면 인생의 가장 밑바닥까지 내려갔는지도 몰라. 그래서 그런 걸까? 벤과 세라는 서로의 상황을 있는 그대로 받아들여. 세라는 벤이 알코올 중독자였지만 어떤 편견이나 선입견 없이 그를 사랑하게 되고, 벤 역시 세라가 매춘부였지만 자신을 있는 그대로 받아들여 주는 사람은 그녀밖에 없다는 것을 깨닫고 세라를 사랑하게 되지.

이 영화를 보면서 왠지 가슴에 와닿는 것이 있었어. 벤이 알코올 중독자건, 세라가 매춘부건 그런 직업이 중요한 것은 아니고, 아마 그러한 직업은 영화 연출자가 가장 인생의 밑바닥에 해당하는 것을 찾던 중에 그것을 택한 것뿐이라고 생각해.

그것보다 중요한 것은 우리는 다른 사람을 좋아하고 사랑한다고 하면서도 그 사람을 있는 그대로 받아들이지 못한다는 거야. 사실 자신의 생각대로, 자기가 원하는 대로 상대방이 따라주어야만 하는 것이 사랑이라고 생각하는 것이 대부분의 경우일 거야. 상대를 있는 그대로 받아들이기보다는 자신의 조건에 맞을 때에 그 사랑이 유지된다고 믿는 것이지.

물론 상대의 단점과 좋지 않은 점을 그대로 받아들이는 것이 쉬운 일은 아닐 거야. 하지만 생각해 볼 것은 상대의 그러한 것을 받아들이지 못하는 자기 내면의 세계를 돌아보지 못한 채 상대를 자기가 원하는 대로만 이끌어 가려고 하고, 만약 그 조건을 맞추지 못했을 경우에는 아무리 좋은 사랑이라고 해도 미련 없이 사랑을 버리고 마는 것이 진정한 사랑인 것인지 하는 거야.

쉬운 사랑은 누구나 할 수 있는 것이라고 생각해. 하지만 사랑이라는 것이 결코 쉽지만은 않다는 것을 우리는 인식하지 못한 채 자신의 생각과 판단에 맞지 않으면 사랑도 그냥 물건을 샀다가 마음에 들지 않으면 환불하는 것처럼 생각하고 있는 것은 아닐까 하는 생각이 들었어.

사랑에는 그 사람이 어떤 상황일지라도 끝까지 받아주겠다는 의지와 그 사람이 어떻게 되더라고 마지막까지 책임져 주는 것도 그 사람을 좋아하는 마음과 함께 동반되는 것이 아닐까 해.

영화에서 벤은 결국 알코올 중독으로 세상을 떠나지만, 세라는 마지막까지 그의 곁에서 임종을 지키게 되지. 아마 평범한 여성이라면 벤의 곁을 일찍 떠났을 거야. 벤의 아내가 그의 아이까지 데리고 가차 없이 그를 버리고 떠난 것처럼 말이야.

세라는 벤에게서 경제적인 도움을 받은 것도 없고, 오히려 그를 돌보기만 했어. 결혼을 한 것도 아니고, 그들의 아이가 있었던 것도 아니었지. 하지만 그 모든 것에도 불구하고 벤을 온전히 받아들이고 마지막까지 그들의 사랑을 지켰던 거야. 아마 내가 엘리자베스 슈를 좋아하게 된 것도 이 영화에서 세라의 그런 모습 때문이 아니었을까 해.

43. 눈 한 송이가 녹는 동안

친구야,

우리에게 있어 무엇보다도 가장 소중한 것은 인간 그 자체가 아닐까 싶어. 하지만 사회 속에서 살아갈 수밖에 없는 우리는 극히 약하고 힘에 부치는 존재인지도 몰라. 어떤 단체에서 하나의 부속품인 것처럼 그저 적응하고 변화되고 맞춰서 살아가야 하는 것이 당연하게 생각되는 것 또한 사실이야.

오늘은 한강의 〈눈 한 송이가 녹는 동안〉이라는 소설을 읽었어. 인간이라는 소중한 존재에 비해, 한 명의 개인의 힘이 얼마나 미약한지 이 책을 읽으며 느끼게 되었어.

"그는 회사에 뼈를 묻지 않았다. 내가 글을 쓰겠다고 이 년여 만에 회사를 그만둔 이듬해, 그가 경주 언니보다 먼저 이직을 했다. 경력직 공채에 들어간 시사잡지 편집부에서 오 년쯤 일하다가, 한 대기업에 대해 비판적인 특집기사가 인쇄 직전 삭제되는 일이 벌어졌다. 항의를 위한 태업과 파업, 주동자 해고의 수순을 밟은 뒤 기자들은 끝까지 싸우자는 이들과 업무 복귀하자는 이들로 분열되었다. 그는 돌아가지 않는 편을 택했다."

생존을 위해 어느 한 단체에 의지할 수밖에 없기에, 자신의 생

각과 꿈을 포기할 수밖에 없는 것이 우리들의 현실인 것 같아. 커
다란 세력에 저항하고 싶지만, 그 한계는 너무나 분명히 존재하
기에 어느 정도까지 하다가 지쳐 스스로 그만 포기하게 되는 것
이 어쩌면 당연한 것인지도 모르지.

"서울내기들보다 더 서울내기같이 좀처럼 흥분하지 않던 사람.
새벽까지 다들 술에 취해 울분을 토하는데 술집 화분에서 풀잎을
꺾어 피리를 불어보다 얼른 내려놓던, 사실은 촌놈. 암 진단을 받
은 즈음이었을 여름에 그가 지나가듯 말했다. '이제 너무 착하게
살지 말아야겠어. 착한 사람은 일찍 죽는 것 같아.' 왜 그때 나는
그토록 야무지게 되받아쳤던가? 당신, 별로 안 착하거든. 벽에
똥칠할 때까지 살 테니 걱정 마."

울분을 토해내고 싶어도 참아야 하고, 부당한 것을 지적하고 싶
어도 침묵해야 하고, 억울한 것이 있어도 감추어야만 하는 한 개
인의 삶은 소중하기에는 너무나 부족한 그저 한 송이 눈처럼 약
한 존재인지도 몰라.

"함께 있어 주세요, 소녀가 말한다. 젊은 승려가 멀찍이 떨어져
서서 대답한다. 그건 안 된단다. 제발, 눈 한 송이가 녹는 동안만.
소녀는 나무 욕조의 물속에 들어가 있는데, 이상하게도 그녀의
머리에 쌓인 눈이 녹지 않는다. 그 눈송이들을 커다랗게 확대한,
눈의 결정 모양을 한 빛 무늬가 무대 뒤편 검은 벽에 하얗게 비쳐
있다. 그 결정들을 홀린 듯 바라보며 승려가 묻는다. 왜 머리 위
눈이 녹지 않을까? 시간이 흐르지 않으니까요. 하지만 우리는 이

야기를 나누고 있는데. 우리가 시간 밖에 있으니까요."

우리는 한 송이 눈처럼 언제 녹을지 모르는 그런 존재라는 생각에 공감하고 있어. 그 미약한 눈 한 송이가 언제 사라질지도 모르는 시공간에 살아가고 있으니 그 누가 함께라도 있어 주면 얼마나 좋을까? 그 시간이 비록 짧을지라도 누군가가 옆에 같이 있어 준다면 정말 힘이 될 텐데 현실을 그리 쉽지 않을 거야. 다른 시공간에서 존재한다면, 지금의 여기를 떠나 다른 그곳으로 간다면 가능한 걸까? 내가 있어야 할 곳이, 나의 눈 한 송이가 녹지 않을 수 있는 시간이나 공간은, 지금 여기가 아닌 다른 곳인 걸까?

이 소설을 읽으면서 눈 한 송이는 자세히 보면 너무 아름답고 소중한 존재임이 분명하지만, 언제 어떻게 사라질지 모르니 그 현실을 알고 살아가야만 하는 우리는 어쩌면 슬픈 운명을 타고난 것인지도 모른다는 생각이 들었어.

44. 얼리샤의 사랑

친구야,

오늘은 〈뷰티플 마인드〉라는 영화를 봤어. 예전부터 보고 싶었는데 미루고 미루다 이제야 보게 되었네. 이 영화는 노벨 경제학상을 받은 존 내쉬(John Nash)의 실화를 바탕으로 만든 영화야. 내쉬역으로는 러셀 크로, 그의 아내로는 제니퍼 코넬리가 나와서 연기를 해.

내쉬는 천재적인 수학자였어. 그의 '내쉬 균형이론'은 비록 수학에서 시작했지만, 많은 분야에 영향을 미쳤고, 특히 경제학에서 너무나 유용하게 사용되었기에 노벨 경제학상을 받게 돼. 수학에서도 가장 권위 있는 아벨상까지 받는데 아쉽게도 이 아벨상을 받고 집으로 돌아오는 중에 불의의 사고로 세상을 떠났어. 사실 공항에서 택시를 타고 집에 오던 내쉬가 사망했다는 뉴스가 나왔을 때 나는 믿어지지 않았어. 또 다른 영화를 만들려고 하는가 하는 생각이 들 정도였어. 그는 사고가 난 그날 아내와 함께 실제 사망했어.

내쉬가 프린스턴대학으로 박사과정을 지원했을 때 그를 지도했던 학부의 수학 교수가 그의 추천서를 프린스턴 대학원으로 보냈는데, 그 추천서의 내용은 단 한 줄이었어. 그 한 줄이 무엇이었을까? 친구 네가 한번 추측해 봐.

그것은 바로 "This student is a genius."였어. 이 딱 한 줄로 그를 추천했던 거야. 이러한 추천서를 보고 이 학생을 꼽지 않을 대학이 이 세상에 있을까? 만약 그렇다면 그 대학은 정상적인 대학이 아닐 거야. 당연히 내쉬는 프린스턴대학의 전액 장학금으로 합격하지. 역사적으로 당시 프린스턴대학에는 알버트 아인슈타인, 쿠르트 괴델 등 인류 역사상 가장 뛰어난 천재라 불리었던 사람들이 그 대학에서 교수로 있었던 때였지.

내쉬는 프린스턴대학에서 박사학위 논문을 쓰게 되고 그것이 바로 노벨상을 안겨다 주는 엄청난 업적이 되었지. 그때만 해도 전 세계 어느 대학에서도 교수를 할 수 있는 실력이라서 그의 미래는 너무나 밝았을 뿐이야. 그는 MIT에서 교수를 시작했고, 그곳에서 아내가 되는 얼리샤 라드(Alicia Larde)를 만나. 그가 가르치는 과목을 듣던 학생이었어.

그는 얼리샤와 결혼을 하고 예쁜 아이도 낳아 행복한 가정생활을 하고 있었지만, 불행하게도 정신분열증을 앓기 시작해. 하늘은 질투가 심한 것일까? 너무나 멋진 미래가 보장되어 있고, 사랑하는 아내와 아이도 있으면서, 훌륭한 교수와 학자가 될 수 있었던 그였는데, 시간이 지나면서 더 이상 교단에 설 수도 없었고, 결국 교수 자리에서 물러나 치료를 받아야 했어.

오랜 치료 끝에 어느 정도 회복되어 그는 모교인 프린스턴대학으로 돌아와서 다시 학생들을 가르칠 수 있었어. 대부분의 경우 정신분열증이 치료되어 정상적인 생활로 돌아오기가 결코 쉽지 않은데, 내쉬는 어떻게 그것이 가능했던 것일까?

그것은 바로 아내였던 얼리샤의 사랑 때문이었지. 그녀는 어떠한 상황에서도 포기하지 않은 채 내쉬 옆에서 그의 치료를 돕고, 홀로 아이를 키우면서 가정을 지켜나가. 내쉬가 어떤 발작을 해도 묵묵히 인내하며, 헛된 꿈을 꾸며 망상에 사로잡혀 밤중에 거리를 배회해도 그를 찾아서 집으로 데리고 들어와 편하게 잠을 재우곤 했지.

만약 얼리샤가 없었다면 내쉬는 다시 모교인 프린스턴대학으로 돌아와 교수를 할 수 없었을 거야. 그는 완벽하게 치료가 되지는 않았지만, 정상적인 생활을 하고 학생들을 가르치는 데 아무 문제가 없었어. 그리고 결국 학자로서의 가장 명예로운 노벨상을 수상하게 되지.

노벨상 수상 연설에서 내쉬는 이렇게 말해.
"난 항상 숫자를 믿었습니다.
추론을 이끌어내는 방정식과 논리를 믿었죠.
하지만 그런 것을 평생 추구하고 난 후
난 질문합니다.
진정한 논리란 무엇입니까?
누가 추론을 결정합니까?
나의 탐구심은 나를 육체적, 형이상학적 망상에 데려갔다가 제자리에 돌려놓았습니다.

그리고 나는 내 경력 중에서 가장 중요한 발견을 했습니다.

내 삶의 가장 중요한 발견입니다.

그것은 어떤 논리적인 추론도 찾아볼 수 없는

사랑이라는 신비한 방정식 안에만 존재합니다.

오늘 밤 오직 당신 덕에 여기에 있습니다.

당신은 나의 존재 이유입니다.

당신은 나의 모든 이유입니다. 고마워요."

　내쉬의 노벨상 수상 모습을 보며 얼리샤는 끝없이 눈물을 흘려. 아마 얼리샤는 그녀가 내쉬와 평생 함께해온 그 모든 과정이 생각났을 거야. 노벨상도 위대하지만, 얼리샤의 진정한 사랑은 그 이상으로 위대했는지도 몰라.

45. 쇼생크 탈출

친구야,

오늘은 나도 모르게 핸드폰을 만지다가 〈쇼생크 탈출〉을 다시 보게 되었어. 개봉되었을 때 이미 본 영화라서 볼까말까 망설이다가 마음이 닿아서 다시 보게 되었어. 사실 한 번 봤던 영화는 잘 안 보는데, 이 영화를 처음 봤을 때 인상이 너무 깊게 남아 오늘 다시 보게 된 것 같아.

억울하게 누명을 쓰고 감옥에 수십 년간 복역하게 된다면 얼마나 자유가 그리울까? 자신의 저지른 잘못이 없는데도 불구하고 소중한 인생의 그 많은 시간을 아무런 죄도 없이 험악한 감옥에서 살아가야 한다면 우리는 어떤 선택을 하게 될까? 아마 수단과 방법을 위해 탈출하는 생각만 하게 될 것 같아. 쇼생크 감옥에 복역하게 된 앤디(팀 로빈스)가 바로 그 경우였어. 그는 자신의 자유를 위해 탈출 계획을 치밀하게 세웠고, 어느 정도 그 희망을 갖게 되었지.

어느 날 갑자기 앤디가 복역하던 쇼생크 교도소 전역에 설치된 스피커에서 모차르트의 음악이 들려와. 일하던 죄수들은 무엇이 잘못되었는지 싶어 멍하니 그 음악이 들려오는 쪽을 향해 바라보기만 하고 있지. 모차르트의 음악은 그들에게 최면을 걸듯 그들 모두 하던 일을 멈추게 만들고, 죄수들은 그 음악에 홀린 채 듣기만 하고 있어.

"나는 지금도 그때 두 이탈리아 여자들이 무엇을 노래했는지 모른다. 사실 알고 싶지도 않다. 때로는 말하지 않는 것이 최선의 경우도 있는 법이다. 노래가 말로 표현할 수 없을 정도로 아름다웠다. 그래서 가슴이 아팠다. 이렇게 비천한 곳에서는 상상도 할 수 없는 높고 먼 곳으로부터 새 한 마리가 날아와 우리가 갇혀 있는 삭막한 새장의 담벽을 무너뜨리는 것 같았다. 그 짧은 순간, 쇼생크에 있는 우리 모두는 자유를 느꼈다."

그 음악은 쇼생크 감옥에 억울하게 갇혀 있었던 앤디가 간수의 방에서 발견한 모차르트의 '피가로의 결혼'에 나오는 〈편지의 이중창〉이었어.

앤디는 동료 죄수들에게 잠시나마 자유를 느낄 수 있도록 해주었어. 그 무엇보다도 황홀한 선물이었을 거야. 모차르트의 음악을 들었던 모든 죄수들은 하나같이 이 아름다운 음악에 넋을 잃어.

이 편지의 이중창의 내용은 다음과 같아.

"부드러운 산들바람이
부드러운 산들바람이
오늘 저녁 불어옵니다
오늘 저녁 불어옵니다

소나무 둥치 아래로
소나무 둥치 아래로
나머지는 그가 다 알아차릴 거야
물론 주인님께서도 알아차리시겠지요."

사실 자유하고는 아무런 상관없는 내용이야. 그저 두 사람이 바람이 불어온다는 것을 주고받는 대화일 뿐이지.

그런데 쇼생크 감옥에서 이 음악을 들었던 죄수들은 전에 느껴보지 못했던 감정, 인간다운 삶에 대한 그리움, 진정한 자유의 갈망 같은 것을 느낄 수 있었어. 모차르트 음악의 힘은 그 내용에 상관없이 그들의 마음에 그렇게 울림을 주었지. 쇼생크 감옥의 죄수들에게는 아마 그 무엇보다도 가장 소중한 선물이 아니었을까?

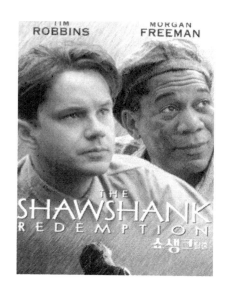

46. 쉰들러 리스트

친구야,

오늘은 갑자기 예전에 좋아했던 영화 중에 〈쉰들러 리스트〉가 생각이 나서 다시 보게 되었어. 예전에 이 영화를 처음 봤을 때 너무나 감명이 깊어 나중에 꼭 한 번 다시 봐야겠다는 생각을 했어.

쉰들러는 어떻게 해서 1,100명이 넘는 유대인을 구할 생각을 하게 된 것일까? 사실 그는 돈을 버는 것이 목적인 기업가였을 뿐인데 어떤 이유로 자신이 그렇게 힘들게 번 돈을 쓰면서까지 유대인을 구했던 것일까?

그건 아마도 자신의 회계 책임자이자 유대인이었던 이작을 시작으로 다른 유대인들에 대해 마음을 열 수 있었기 때문이 아닐까 싶어. 그것이 점점 확장되어 모든 사람을 사랑할 수 있는 마음으로 발전되었던 것 같아. 자신이 할 수 있는 것이 있다는 것을 발견하고, 그동안 살아왔던 모든 것을 던져 보다 더 의미 있는 길을 가고자 했었던 것 같아.

쉰들러가 수많은 유대인을 구해내고 나서 세계 2차 대전은 끝나고 말지. 전쟁이 끝나자 이제는 상황이 바뀌었고, 쉰들러는 나

치당이었기에 전범으로 처벌될 수밖에 없었던 상황으로 완전히 사태가 뒤바뀌고 말아.

하지만 그의 선한 영향력은 빛을 발휘해서 쉰들러의 도움으로 목숨을 건질 수 있었던 유대인들이 힘을 모아 이제는 반대로 쉰들러를 구하기 위해 나서게 돼. 쉰들러가 구해준 유대인들 모두가 서명을 하고, 전범으로 체포되지 않도록 그가 도망가는데 있어서 모두 도움을 주었어.

쉰들러는 떠나기 전, 이작을 붙들고 절규를 하지. 한 명이라도 더 살릴 수 있었는데 그러지 못했던 것을 후회하며 울부짖지. 그때 이작은 쉰들러에게 다가와 차분하게 말을 해.

"당신은 충분히 해야 할 일을 다했다고. 당신의 도움으로 죽을 뻔했던 수많은 사람들의 목숨을 구할 수 있었다고. 그것으로 충분하고도 남는다고."

우리가 살아가면서 할 수 있는 가장 의미 있는 일은 무엇일까? 정말 후회 없이 우리의 삶을 다 던져서 해야 하는 일들은 어떤 것일까?

쉰들러는 인생에서 가장 소중한 일을 했던 것이 아닐까 싶어. 우리도 쉰들러처럼 의미 있고 아름다운 일들을 하고 일생을 마칠 수 있을까? 이 영화를 보면서 우리 삶에서 더 소중한 일들이 무엇인지 곰곰이 생각해봐야겠다는 마음이 들었어.

47. 야연

친구야,

사실 나는 중국영화는 잘 안 보는데 우연히 오늘 〈야연〉이라는 영화를 보게 되었어. 영화가 몰입감이 있어서 끝까지 볼 수밖에 없었지.

이 영화의 시대 배경은 당나라 말인데, 새로운 황제는 형을 죽여 황제가 되었고, 형수였던 완아마저 자신의 아내로 삼아. 완아는 자기 아들이 황제가 되기를 바랐지만, 남편이 동생에게 살해당했고, 아들이 아직 어려 힘이 없기에 아들을 살리기 위해서라도 어쩔 수 없이 새로운 황제인 남편 동생의 뜻에 따라야 했어.

완아는 자신의 아들인 무란을 지키기 위해 새 황제의 술잔에 독을 넣지. 하지만 그 독을 마신 것은 새 황제로부터 술잔을 권유받은 청녀였어. 그녀는 무란을 끔찍이도 사랑했던 여인이었어.

청녀의 오빠는 완아를 죽이려고 칼을 휘두르지만, 그 칼에 무란이 죽고 말지. 새 황제도 이 와중에서 사망하게 되고, 결국 완아가 새로운 황제로 등극하게 돼.

나는 이 영화를 보면서 우리가 사는 세상은 왜 이리도 복잡하게 얽히고설켜 있는 것일까 하는 생각을 했어. 동생이 형을 죽이고 형수를 아내로 삼고, 아들을 위해 남편의 동생과 결혼하고, 사랑하는 여인이 죽고, 그 사고로 아들도 죽고, 이러한 일들이 일어나는 이유는 도대체 무엇 때문인 것일까?

그렇게 타인에게 해를 끼치면 언젠가 그 대가가 돌아올 것이라는 생각은 하지 못하는 걸까? 자신의 목표를 위해 수단과 방법을 가리지 않고 행사를 해서 그 목표를 이루었다고 해도 거기서 모든 것이 절대 끝나는 것이 아니라는 사실을 사람들은 왜 모르고 있는 것일까?

자신이 원하는 것을 얻기 위해 타인에게 해를 입힌다면 자신 또한 그러한 일을 당하게 될 텐데 그런 것들이 하나도 두렵지 않은 것일까?

얻고자 한 것을 얻었다고 해도, 그것이 그리 오래가지 않고 결국에 다 잃게 될지도 모르는데 어째서 그렇게 그것을 얻고자 애를 쓰는 것일까?

이 영화를 보면서 삶의 많은 욕심과 목표가 얼마나 허무한 것인지를 다시 한번 깨닫게 되었어. 다른 것보다도 내가 할 수 있는 것만 하려 하는 것이 정말 현명하지 않을까 싶어.

48. 자산어보

친구야,

오늘은 영화 〈자산어보〉를 보았어. 오랜만에 보는 한국 영화야. 사실 자산어보는 과학과 관계되는 것이라 개봉하기 전부터 관심이 있었던 영화야.

이 영화는 알다시피 자산어보의 저자인 정약전의 실화를 바탕으로 한 영화야. 영화에서 정약전은 당시 조선의 임금이었던 정조의 신뢰를 받고 있었어. 하지만 정조가 죽고 나자 순조의 할머니였던 정순왕후가 수렴청정을 하면서 천주교 신자를 박해하게 되는데 이것이 바로 신유박해야. 이로 인해 천주교 신자였던 정약전은 흑산도로 유배를 가게 되고, 동생 정약종은 참수를 당하고 또 다른 동생인 정약용은 강진으로 유배를 가지.

흑산도에 온 정약전은 남편을 잃고 혼자 살아가던 가거댁 집에 머물며 유배 생활을 하는데, 가족들과 이별한 채 홀로 외로움을 술로 달래다가 술에 취해 바다에 빠지게 돼. 이때 그를 구해준 사람이 바로 창대라는 청년이야.

창대는 서자 출신으로 아버지에게 버림받고 홀어머니와 함께 살고 있었어. 자신의 신분을 벗어나고 싶어 글공부를 하던 창대는 흑산도에 마땅히 가르침을 줄 수 있는 사람이 없던 상황이었어. 마침 어류에 관심이 많았던 정약전은 창대에게서 물고기에 대해 배우고, 창대는 정약전에게 글공부를 배우게 되지. 비록 둘은 나이와 성격 차이가 많음에도 불구하고 진심 어린 우정으로 스승과 제자의 관계로 발전하게 돼.

평생 살아가면서 진정한 우정을 나눌 수 있는 그런 친구가 있다는 것은 아마 축복이 아닐까 싶어. 그 관계가 스승과 제자이건, 같은 또래의 친구이건, 이성 간의 친구이건, 사회적 지위가 어떻건, 오래도록 많은 것을 공유하고, 서로를 이해하고 받아주며, 상대를 통해 이익을 찾기보다는 그저 순수한 마음으로 함께 해나가는 것만큼 행복한 것은 없을 거야.

세월이 흘러 시대가 바뀌고, 사회가 변하고, 주위의 사람들이 바뀌어도 오래도록 항상 옆에서 이야기하고 의지가 되어 주는 사람이 한 명이라도 있다면 정말 커다란 힘이 될 거라는 생각이 들어.

친구야,

너는 지금 어디에 있는지는 모르지만, 나에게 너는 그런 존재였던 것 같아. 지금이라도 만나서 그동안 지내왔던 이야기도 하고, 앞으로 계속해서 예전처럼 우정을 나누며 남아 있는 시간들을 함께 하면 참 좋을 텐데 그러지 못하는 것이 너무 아쉽구나. 어쨌든 건강하고 언젠가 우리가 만날 날이 올 것이라는 희망은 버리지 않을게.

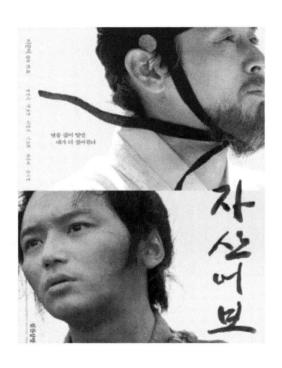

49. 인연이란 무엇일까?

친구야,

오늘은 일본의 작가 하야마 요시키의 〈슬픈 인연〉을 읽었어. 우리는 살아가면서 많은 사람을 만나게 되고, 그 사람들과 이리 저리 얽히고설킨 인연들을 맺고 살아갈 수밖에 없겠지. 그런 인 연들은 운명과 더불어 우리가 원하는 대로 가기도 하지만, 그렇 지 않은 경우도 많을 거야.

"츠루이시는 리요가 찾아오는 것이 좋았다. 어느 때는 사탕 같 은 것을 준비해서 기다리고 있을 때도 있었다. 리요는 츠루이시 를 만나는 즐거움뿐만 아니라 부근에서 차를 사주는 단골도 서너 곳이 늘어 장사하기가 전보다 훨씬 수월해졌다."

소설에서 주인공은 결혼해서 아이를 낳아 잘살고 있었지만, 어 느날 남편이 외지로 돈을 벌러 나갔다가 소식이 끊어지게 돼. 아 무리 기다려도 남편은 돌아오지 않고, 살아 있는지 죽었는지조차 모른 채 아이와 함께 살아가고 있었어. 세월은 자꾸 흘러 이제 남 편이 영영 오지 않을지도 모른다는 생각이 들기 시작했어.

그즈음 그 여인 앞에는 다른 남자가 나타나. 그 남자는 그녀의 아이도 좋아하고 그녀에게도 좋은 감정을 가지게 되었어. 그녀

또한 그에 대한 호감을 갖기 시작하지만, 마음 한구석에서는 아직도 남편의 자리가 있었어.

"아이는 다다미가 깔린 바닥 한쪽 구석에 눕혔다. 츠루이시가 퀴퀴하게 때 묻은 방석을 반으로 접어 아이의 베개로 만들어 주었다. 또 누렇게 바랜 손수건을 꺼내 리요의 머리칼을 닦아주었다. 너무나도 자연스런 행동에 리요는 별 생각 없이 그가 하는 대로 맡겼다. 빗방울 소리와 함께 행복함이 리요의 가슴속으로 파고들었다. 왜 이렇게 마음이 포근해지는 것일까. 오랫동안 갇혀 있던 고독이 툭 소리와 함께 터져 나오는 것 같았다."

사람의 인연이라는 것은 어떻게 될지 아무도 모르는 것 같아. 그녀는 서서히 그 남자를 마음속으로 받아들이기 시작했고, 이제 돌아오지 않는 남편에 대한 외로움을 더 이상 달랠 수 없기에 그 남자와 함께 해야 하는 운명이라는 것을 느껴.

"츠루이시가 함께 탄 철재를 실은 트럭이 본사에 갔다 가건물로 되돌아오던 길에 어떤 다리 위에서 갑자기 강 속으로 곤두박질을 치면서 운전기사와 함께 죽었다고 작은 젊은이가 가르쳐 주었다."

하지만 그 새로운 사랑도 얼마 가지 못하고 말아. 남편의 생사도 모른 채 그 오랜 세월을 기다리다가 겨우 그 남자를 받아들였는데, 그 남자는 사고로 그만 세상을 떠나고 말지.

힘들게 시작된 인연이었는데, 그 인연도 너무 허무하게 끝나버리고 만 거야. 그녀는 이제 어떻게 세상을 살아가야 하는 걸까?

인연이라는 것은 그리도 슬픈 것일까? 행복하고 오래도록 계속되는 인연은 불가능한 걸까?

우리가 현재 맺고 있는 인연도 언제 끝날지 아무도 알 수 없을 거야. 영원하리라 생각했던 인연이 내일 갑자기 끝날 수도 있고, 생각지도 않은 인연이 갑자기 다가올 수도 있겠지. 하지만 바라기는 그러한 인연들이 슬프지만 않았으면 좋겠다는 생각이 들어.

50. 영원한 승자가 있을까?

친구야,

요즘 주위를 보면 선거철이라 그런지 매일 뉴스에서는 정치적 다툼으로 정신이 없을 정도야. 선거에서 누군가는 이기고 또 다른 누군가는 질 수밖에 없겠지. 하지만 승자가 정말 영원할까?

고구려 제15대 미천왕은 소금 장수였어. 14대 봉상왕이 왕위에 올랐을 때 자신의 동생인 돌고를 죽였지. 돌고의 아들이 바로 후에 미천왕이 되는 을불이었어. 당시 봉상왕은 돌고와 함께 아들인 을불마저 죽이려 하였어. 돌고는 아들의 죽음을 예언해 측근으로 하여금 을불을 미리 죽음에서 도피시켰지. 이에 을불은 7년여를 소금 장수를 하며 숨어지낼 수밖에 없었지.

봉상왕의 폭정에 고구려 조정은 반정을 준비했어. 그 중심엔 국상인 창조리가 있었지. 창조리는 여러 중신들과 힘을 합쳐 봉상왕을 몰아내고 을불을 왕으로 옹립했어. 이가 바로 고구려 15대 미천왕이야.

미천왕은 서기 300년부터 이후 30년 동안 고구려 왕으로 재위하면서 고구려를 동북아 최강국으로 거듭나게 만든 장본인이었어. 그가 소금 장수를 하며 가장 밑바닥까지 오랜 세월 수많은 아품을 겪어봤기에 누구보다도 백성의 삶을 알고 있었던 거야. 이에 백성을 위한 강력한 국가 건설을 위해 경제력과 국방력을 키워나갔어. 북방 민족들의 잦은 침략과 약탈을 막기 위해 전쟁도 마다하지 않았지. 이후 고구려가 수많은 전쟁에서 승리할 수 있었던 강한 국방력을 가지게 된 데에는 그의 공이 적지 않아.

이로 인해 고구려는 한반도 북쪽을 포함한 만주 일대의 엄청난 영토를 확보하였어. 고조선 당시의 영역이었던 낙랑과 현도 및 대방군을 완전히 무너뜨려 고구려의 지배하에 두었지. 이후 이 거대한 영역의 맹주가 되는 토석을 마련하였어.

당시 고구려와 경쟁할 수 있었던 민족은 고구려 북서쪽을 기반으로 하는 모용선비족이었어. 당시 수장은 모용외라는 인물이었는데 많은 소수민족을 흡수하여 하나의 거대한 나라로 탄생하기 직전이었지.

미천왕은 모용외의 선비족 세력이 더 커지는 것을 억제하기 위해 국운을 건 전쟁을 일으키게 돼. 당시 동북아의 가장 큰 세력이었던 고구려와 모용선비의 경쟁은 미천왕의 승리로 끝나고 모용외는 전쟁 중 사망하지. 이 승리로 고구려는 황하 이북 지역에서 가장 강력한 국가로 탄생하게 되는 거야.

하지만 영원한 승리는 역사에 존재하지 않았어. 미천왕이 죽고 그의 아들인 사유가 16대 고국원왕으로 오른 후 역사의 흐름은 다시 바뀌게 되지. 모용외의 원수를 갚기 위해 그의 아들 모용황은 엄청난 병력으로 고구려를 대대적으로 공격해. 이 전쟁에서 고구려는 크게 패하고 모용황은 고국원왕의 왕후와 모후인 미천왕의 왕후까지 포로로 잡아가게 돼. 돌아가는 길에 미천왕의 무덤까지 파헤쳐 미천왕의 시체까지 가져갔어. 그리고 모용황은 새로운 나라를 선포하니 이것이 바로 연나라며 일개 부족장에 불과했던 모용황은 연나라 제1대 황제로 등극하지. 고구려는 이후 고국원왕이 재위에서 물러날 때까지 연나라의 신하국가로 전락하고 말아. 이후 연나라는 동북아의 모든 패권을 차지하게 돼. 그리고 고국원왕은 불행히도 백제와의 전쟁 중 사망하지.

역사는 다시 흘러 연나라와의 전쟁의 한을 풀기 위해 고구려는 다시 강력한 국력을 정비하게 돼. 고국원왕의 손자였던 담덕, 즉 고구려 제19대 왕인 광개토대왕이 화려하게 등장하지. 광개토대왕은 미천왕 시절 이상의 강력한 고구려를 완성시키고 한반도 역사상 가장 커다란 영토를 확보하는 기반을 만들었어. 한때 동북아 모든 민족의 두려움의 대상이었던 모용선비족은 각지로 흩어지게 되고, 그렇게 강력했던 연나라는 역사에서 완전히 사라져 버려. 그 이후 모용선비족에 의한 나라는 지구상에 더 이상 존재하지 않게 돼.

역사의 흐름을 생각해 보면 커다란 전쟁을 극복하고 엄청난 승리를 하게 될지라도 그 승리는 그리 오래가지 않았어. 모든 역사적 사건이 이를 증명해주고 있지. 승리 후에는 항상 패배가 기다리고 있었던 거야. 역사는 반복되며 영원한 승자는 존재하지 않아. 흐르는 세월 속에 변해가는 시대의 흐름을 놓치지 말아야 할 이유라고 할 수 있어. 우리 삶도 마찬가지일 것 같아. 힘든 때가 있으면 좋은 때도 있지. 많은 것을 얻었을 때도 항상 겸손함을 잃지 말아야 할 필요가 있어. 나의 교만과 태만이 내가 이루었던 모든 것을 어느 순간 한 줌의 재로 변하게 만들지 모르기 때문이지.

영원한 승자가 없기에 또한 영원한 패자도 없다고 생각해. 지금 상황이 어떻든 내일을 준비하는 이에게 또 다른 영광이 순간이 기다리고 있는지도 모르지. 겸손히 깨어서 준비하고 있는 이, 그가 바로 승자가 아닐까 싶어.

친구에게

정 태 성 수필집   값 12,000원

초판발행   2022년 11월 15일
지 은 이   정태성
펴 낸 이   도서출판 코스모스
펴 낸 곳   도서출판 코스모스
등록번호   414-94-09586
주   소   충북 청주시 서원구 신율로 13
대표전화   043-234-7027
팩   스   050-4374-5501

ISBN 979-11-91926-36-1